新　潮　文　庫

小さき者へ
生れ出づる悩み

有島武郎著

目次

小さき者へ
生れ出づる悩み

小さき者へ

お前たちが大きくなって、一人前の人間に育ち上った時、――その時までお前たちのパパは生きているかいないか、それは分らない事だが――父の書き残したものを繰拡《くりひろ》げて見る機会があるだろうと思う。その時この小さな書き物もお前たちの眼の前に現われ出るだろう。時はどんどん移って行く。お前たちの父なる私がその時お前たちにどう映るか、それは想像も出来ない事だ。恐らく私が今ここで、過ぎ去ろうとする時代を嗤《わら》い憐《あわ》れんでいるように、お前たちも私の古臭い心持を嗤い憐れむのかも知れない。私はお前たちの為《た》めにそうあらんことを祈っている。お前たちは遠慮なく私を踏台にして、高い遠い所に私を乗り越えて進まなければ間違っているのだ。然《しか》しながらお前たちをどんなに深く愛したものがこの世にいるか、或《あるい》はいたかという事実は、永久にお前たちに必要なものだと私は思うのだ。お前たちがこの書き物を読んで、私の思想の未熟で頑固なのを嗤う間にも、私たちの愛はお前たちを暖め、慰め、励まし、人生の可能性をお前たちの心に味覚させずにおかないと私は思っている。だからこの書き物を私はお前たちにあてて書く。

お前たちは去年一人の、たった一人のママを永久に失ってしまった。お前たちは生れると間もなく、生命に一番大事な養分を奪われてしまったのだ。お前達の人生はそこで既に暗い。この間ある雑誌社が「私の母」*という小さな感想をかけといって来た時、私は何んの気もなく、「自分の幸福は母が始めから一人で今も生きている事だ」と書いてのけた。そして私の万年筆がそれを書き終えるか終えないに、私はすぐお前たちの事を思った。私の心は悪事でも働いたように痛かった。しかも事実は事実だ。私はその点で幸福だった。お前たちは不幸だ。恢復《かいふく》の途《みち》なく不幸だ。不幸なものたちよ。

暁方《あけがた》の三時からゆるい陣痛が起り出して不安が家中に拡がったのは今から思うと七年前の事だ。それは吹雪も吹雪、北海道ですら、滅多《めった》にはないひどい吹雪の日だった。市街を離れた川沿いの一つ家はけし飛ぶ程揺れ動いて、窓硝子《ガラス》に吹きつけられた粉雪は、さらぬだに綿雲に閉じられた陽の光を二重に遮《さえぎ》って、夜の暗さがいつまでも部屋から退《ど》かなかった。電燈の消えた薄暗い中で、白いものに包まれたお前たちの母上は、夢心地に呻《うめ》き苦しんだ。私は一人の学生と一人の女中とに手伝われながら、火を起したり、湯を沸かしたり、使を走らせたりした。産婆《さんば》が雪で真白になってころげこんで来た時は、家中のものが思わずほっと気息《いき》をついて安堵《あんど》したが、昼になっても昼過ぎになっても出産の模様が見えないで、産婆や看護婦の顔に、私だけに見える気遣《きづか》いの色が見え出すと、私は全く慌《あわ》ててしまっていた。書斎に閉じ籠《こも》って結果を待っていられなくなった。私は産室に降りていって、産婦の両手をしっかり握る役目をした。陣痛が起る度毎《たびごと》に産婆は叱《しか》るように産婦を励まして、一分も早く産を終らせようとした。然し暫《しばら》くの苦痛の後に、産婦はすぐ又深い眠りに落ちてしまった。鼾《いびき》さえかいて安々と何事も忘れたように見えた。産婆も、後から駈《か》けつけてくれた医者も、顔を見合わして吐息をつくばかりだった。医師は昏睡《こんすい》が来る度毎に何か非常の手段を用いようかと案じているらしかった。

　昼過ぎになると戸外の吹雪は段々鎮《しず》まっていって、濃い雪雲から漏れる薄日の光が、窓にたまった雪に来てそっと戯《たわむ》れるまでになった。然し産室の中の人々にはますます重い不安の雲が蔽《おお》い被《かぶ》さった。医師は医師で、産婆は産婆で、私は私で、銘々の不安に捕われてしまった。その中で何等の危害をも感ぜぬらしく見えるのは、一番恐ろしい運命の淵《ふち》に臨んでいる産婦と胎児だけだった。二つの生命は昏々として死の方へ眠って行った。

丁度三時と思わしい時に——産気がついてから十二時間目に——夕を催す光の中で、最後と思わしい激しい陣痛が起った。肉の眼で恐ろしい夢でも見るように、産婦はかっと瞼《まぶた》を開いて、あてどもなく一所《ひとところ》を睨《にら》みながら、苦しげというより、恐ろしげに顔をゆがめた。そして私の上体を自分の胸の上にたくし込んで、背中を羽がいに抱きすくめた。若《も》し私が産婦と同じ程度にいきんでいなかったら、産婦の腕は私の胸を押しつぶすだろうと思う程だった。そこにいる人々の心は思わず総立ちになった。医師と産婆は場所を忘れたように大きな声で産婦を励ました。

ふと産婦の握力がゆるんだのを感じて私は顔を挙げて見た。産婆の膝許《ひざもと》には血の気のない嬰児《えいじ》が仰向けに横たえられていた。産婆は毬《まり》でもつくようにその胸をはげしく敲《たた》きながら、葡萄酒《ぶどうしゅ》葡萄酒といっていた。看護婦がそれを持って来た。産婆は顔と言葉とでその酒を盥《たらい》の中にあけろと命じた。激しい芳芬《ほうふん》と同時に盥の湯は血のような色に変った。嬰児はその中に浸された。暫くしてかすかな産声《うぶごえ》が気息もつけない緊張の沈黙を破って細く響いた。

大きな天と地との間に一人の母と一人の子とがその刹那《せつな》に忽如《こつじょ》として現われ出た

のだ。

その時新たな母は私を見て弱々しくほほえんだ。私はそれを見ると何んという事なしに涙が眼がしらに滲《にじ》み出て来た。それを私はお前たちに何んといっていい現わすべきかを知らない。私の生命全体が涙を私の眼から搾《しぼ》り出したとでもいえばいいのか知らん。その時から生活の諸相が総《すべ》て眼の前で変ってしまった。

お前たちの中《うち》最初にこの世の光を見たものは、このようにして世の光を見た。二番目も三番目も、生れように難易の差こそあれ、父と母とに与えた不思議な印象に変りはない。

こうして若い夫婦はつぎつぎにお前たち三人の親となった。

私はその頃心の中に色々な問題をあり余る程持っていた。そして始終齷齪《あくせく》しながら何一つ自分を「満足」に近づけるような仕事をしていなかった。何事も独りで噛《か》みしめてみる私の性質として、表面《うわべ》には十人並みな生活を生活していながら、私の心はややともすると突き上げて来る不安にいらいらさせられた。ある時は結婚を悔いた。ある時はお前たちの誕生を悪《にく》んだ。何故自分の生活の旗色をもっと鮮明にしない中に結婚なぞをしたか。妻のある為めに後ろに引きずって行かれねばならぬ重みの幾つかを、何故好んで腰につけたのか。何故二人の肉慾の結果を天からの賜物《たまもの》のように思わねばならぬのか。家庭の建立《こんりゅう》に費す労力と精力とを自分は他に用うべきではなかったのか。

私は自分の心の乱れからお前たちの母上を屢々《しばしば》泣かせたり淋《さび》しがらせたりした。またお前たちを没義道《もぎどう》に取りあつかった。お前達が少し執念《しゅうね》く泣いたりいがんだりする声を聞くと、私は何か残虐《ざんぎゃく》な事をしないではいられなかった。原稿紙にでも向っていた時に、お前たちの母上が、小さな家事上の相談を持って来たり、お前たちが泣き騒いだりしたりすると、私は思わず机をたたいて立上ったりした。そして後ではたまらない淋しさに襲われるのを知りぬいていながら、激しい言葉を遣《つか》ったり、厳しい折檻《せっかん》をお前たちに加えたりした。

然し運命が私の我儘《わがまま》と無理解とを罰する時が来た。どうしてもお前達を子守《こもり》に任せておけないで、毎晩お前たち三人を自分の枕《まくら》許や、左右に臥《ふせ》らして、夜通し一人を寝かしつけたり、一人に牛乳を温めてあてがったり、一人に小用をさせたりして、碌々《ろくろく》熟睡する暇もなく愛の限りを尽したお前たちの母上が、四十一度という恐ろしい熱を出してどっと床についた時の驚きもさる事ではあるが、診察に来てくれた二人の医師が口を揃《そろ》えて、結核の徴候があるといった時には、私は唯《ただ》訳もなく青くなってしまった。検痰《けんたん》の結果は医師たちの鑑定を裏書きしてしまった。そして四つと三つと二つとになるお前たちを残して、十月末の淋しい秋の日に、母上は入院せねばならぬ体となってしまった。

私は日中の仕事を終ると飛んで家に帰った。そしてお前達の一人か二人を連れて病院に急いだ。私がその町に住まい始めた頃働いていた克明な門徒*の婆《ばあ》さんが病室の世話をしていた。その婆さんはお前たちの姿を見ると隠し隠し涙を拭《ふ》いた。お前たちは母上を寝台の上に見つけると飛んでいってかじり付こうとした。結核症であるのをまだあかされていないお前たちの母上は、宝を抱きかかえるようにお前たちをその胸に集めようとした。私はいい加減にあしらってお前たちを寝台に近づけないようにしなければならなかった。忠義をしようとしながら、周囲の人から極端な誤解を受けて、それを弁解してならない事情に置かれた人の味《あじわ》いそうな心持を幾度も味った。それでも私はもう怒る勇気はなかった。引きはなすようにしてお前たちを母上から遠ざけて帰路につく時には、大抵街燈の光が淡く道路を照していた。玄関を這入《はい》ると雇人《やといにん》だけが留守していた。彼等は二三人もいる癖に、残しておいた赤坊のおしめを代えようともしなかった。気持ち悪げに泣き叫ぶ赤坊の股《また》の下はよくぐしょ濡《ぬ》れになっていた。

お前たちは不思議に他人になつかない子供たちだった。ようようお前たちを寝かしつけてから私はそっと書斎に這入って調べ物をした。体は疲れて頭は興奮していた。仕事をすまして寝付こうとする十一時前後になると、神経の過敏になったお前たちは、夢などを見ておびえながら眼をさますのだった。暁方になるとお前たちの一人は乳を求めて泣き出した。それにおこされると私の眼はもう朝まで閉じなかった。朝飯を食うと私は赤い眼をしながら、堅い心《しん》のようなものの出来た頭を抱えて仕事をする所に出懸けた。

北国には冬が見る見る逼《せま》って来た。ある時病院を訪れると、お前たちの母上は寝台の上に起きかえって窓の外を眺めていたが、私の顔を見ると、早く退院がしたいといい出した。窓の外の楓《かえで》があんなになったのを見ると心細いというのだ。なるほど入院したてには燃えるように枝を飾っていたその葉が一枚も残らず散りつくして、花壇の菊も霜に傷《いた》められて、萎《しお》れる時でもないのに萎れていた。私はこの寂しさを毎日見せておくだけでもいけないと思った。然し母上の本当の心持はそんな所にはなくって、お前たちから一刻も離れてはいられなくなっていたのだ。

今日はいよいよ退院するという日は、霰《あられ》の降る、寒い風のびゅうびゅうと吹く悪い日だったから、私は思い止《とどま》らせようとして、仕事をすますとすぐ病院に行ってみた。然し病室はからっぽで、例の婆さんが、貰《もら》ったものやら、座蒲団《ざぶとん》やら、茶器やらを部屋の隅でごそごそと始末していた。急いで家に帰ってみると、お前たちはもう母上のまわりに集まって嬉《うれ》しそうに騒いでいた。私はそれを見ると涙がこぼれた。

知らない間に私たちは離れられないものになってしまっていたのだ。五人の親子はどんどん押寄せて来る寒さの前に、小さく固まって身を護《まも》ろうとする雑草の株のように、互により添って暖みを分ち合おうとしていたのだ。然し北国の寒さは私たち五人の暖みでは間に合わない程寒かった。私は一人の病人と頑是《がんぜ》ないお前たちとを労《いた》わりながら旅雁《りょがん》のように南を指して遁《のが》れなければならなくなった。

それは初雪のどんどん降りしきる夜の事だった、お前たち三人を生んで育ててくれた土地を後《あと》にして旅に上ったのは。忘れる事の出来ないいくつかの顔は、暗い停車場のプラットフォームから私たちに名残《なご》りを惜しんだ。陰鬱《いんうつ》な津軽海峡の海の色も後ろになった。東京まで付いて来てくれた一人の学生は、お前たちの中の一番小さい者を、母のように終夜抱き通していてくれた。そんな事を書けば限りがない。ともかく私たちは幸《さいわい》に怪我もなく、二日の物憂《ものう》い旅の後に晩秋の東京に着いた。

今までいた処《ところ》とちがって、東京には沢山の親類や兄弟がいて、私たちの為めに深い同情を寄せてくれた。それは私にどれ程の力だったろう。お前たちの母上は程なくK海岸*にささやかな貸別荘を借りて住む事になり、私たちは近所の旅館に宿を取って、そこから見舞いに通った。一時は病勢が非常に衰えたように見えた。お前たちと母上と私とは海岸の砂丘に行って日向《ひなた》ぼっこをして楽しく二三時間を過ごすまでになった。

どういう積りで運命がそんな小康を私たちに与えたのかそれは分らない。然し彼はどんな事があっても仕遂《しと》ぐべき事を仕遂げずにはおかなかった。その年が暮れに迫った頃お前達の母上は仮初《かりそめ》の風邪《かぜ》からぐんぐん悪い方へ向いて行った。そしてお前たちの中の一人も突然原因の解らない高熱に侵された。その病気の事を私は母上に知らせるのに忍びなかった。病児は病児で私を暫くも手放そうとはしなかった。お前達の母上からは私の無沙汰を責めて来た。私は遂《つい》に倒れた。病児と枕を並べて、今まで経験した事のない高熱の為めに呻き苦しまねばならなかった。私の仕事？

私の仕事は私から千里も遠くに離れてしまった。それでも私はもう私を悔もうとはしなかった。お前たちの為めに最後まで戦おうとする熱意が病熱よりも高く私の胸の中で燃えているのみだった。

正月早々悲劇の絶頂が到来した。お前たちの母上は自分の病気の真相を明《あ》かされねばならぬ羽目になった。そのむずかしい役目を勤めてくれた医師が帰って後の、お前たちの母上の顔を見た私の記憶は一生涯《しょうがい》私を駆り立てるだろう。真蒼《まっさお》な清々《すがすが》しい顔をして枕についたまま母上には冷たい覚悟を微笑に云わして静かに私を見た。そこには死に対するResignation*と共にお前たちに対する根強い執着がまざまざと刻まれていた。それは物凄《すご》くさえあった。私は凄惨《せいさん》な感じに打たれて思わず眼を伏せてしまった。

愈々《いよいよ》H海岸*の病院に入院する日が来た。お前たちの母上は全快しない限りは死ぬともお前たちに逢《あ》わない覚悟の臍《ほぞ》を堅めていた。二度とは着ないと思われる――そして実際着なかった――晴着《はれぎ》を着て座を立った母上は内外の母親の眼の前でさめざめと泣き崩れた。女ながらに気性の勝れて強《すぐ》いお前たちの母上は、私と二人だけいる場合でも泣顔などは見せた事がないといってもいい位だったのに、その時の涙は拭くあとからあとから流れ落ちた。その熱い涙はお前たちだけの尊い所有物だ。それは今は乾いてしまった。大空をわたる雲の一片となっているか、谷河の水の一滴となっているか、太洋《たいよう》の泡の一つとなっているか、又は思いがけない人の涙堂に貯《たくわ》えられているか、それは知らない。然しその熱い涙はともかくもお前たちだけの尊い所有物なのだ。

自動車のいる所に来ると、お前たちの中熱病の予後にある一人は、足の立たない為《た》めに下女に背負われて、――一人はよちよちと歩いて、――一番末の子は母上を苦しめ過ぎるだろうという祖父母たちの心遣いから連れて来られなかった――母上を見送りに出て来ていた。お前たちの頑是ない驚きの眼は、大きな自動車にばかり向けられていた。お前たちの母上は淋しくそれを見やっていた。自動車が動き出すとお前達は女中に勧められて兵隊のように挙手の礼をした。母上は笑って軽く頭を下げていた。お前たちは母上がその瞬間から永久にお前たちを離れてしまうとは思わなかったろう。不幸なものたちよ。

それからお前たちの母上が最後の気息《いき》を引きとるまでの一年と七箇月の間、私たちの間には烈《はげ》しい戦が闘われた。母上は死に対して最上の態度を取る為めに、お前たちに最大の愛を遺《のこ》すために、私を加減なしに理解する為めに、私は母上を病魔から救う為めに、自分に迫る運命を男らしく肩に担《にな》い上げるために、お前たちは不思議な運命から自分を解放するために、身にふさわない境遇の中に自分をはめ込むために、闘った。血まぶれになって闘ったといっていい。私も母上もお前たちも幾度弾丸を受け、刀創《きず》を受け、倒れ、起き上り、又倒れたろう。

お前たちが六つと五つと四つになった年の八月の二日に死が殺到した。死が総てを圧倒した。そして死が総てを救った。

お前たちの母上の遺言書の中で一番崇高な部分はお前たちに与えられた一節だった。若《も》しこの書き物を読む時があったら、同時に母上の遺書も読んでみるがいい。母上は血の涙を泣きながら、死んでもお前たちに会わない決心を飜《ひるがえ》さなかった。それは病菌をお前たちに伝えるのを恐れたばかりではない。又お前たちを見る事によって自分の心の破れるのを恐れたばかりではない。お前たちの清い心に残酷な死の姿を見せて、お前たちの一生をいやが上に暗くする事を恐れ、お前たちの伸び伸びて行かなければならぬ霊魂に少しでも大きな傷を残す事を恐れたのだ。幼児に死を知らせる事は無益であるばかりでなく有害だ。葬式の時は女中をお前たちにつけて楽しく一日を過ごさして貰いたい。そうお前たちの母上は書いている。

「子を思う親の心は日の光世より世を照る大きさに似て」

とも詠じている。

母上が亡《な》くなった時、お前たちは丁度信州の山の上にいた。若しお前たちの母上の臨終にあわせなかったら一生恨みに思うだろうとさえ書いてよこしてくれたお前たちの叔父上に強《し》いて頼んで、お前たちを山から帰らせなかった私をお前たちが残酷だと思う時があるかも知れない。今十一時半だ。この書き物を草している部屋の隣りにお前たちは枕を列《なら》べて寝ているのだ。お前たちはまだ小さい。お前たちが私の齢《とし》になったら私のした事を、即《すなわ》ち母上のさせようとした事を価高く見る時が来るだろう。

私はこの間にどんな道を通って来たろう。お前たちの母上の死によって、私は自分の生きて行くべき大道にさまよい出た。私は自分を愛護してその道を踏み迷わずに通って行けばいいのを知るようになった。私は嘗《かつ》て一つの創作*の中に妻を犠牲にする決心をした一人の男の事を書いた。事実に於てお前たちの母上は私の為めに犠牲になってくれた。私のように持ち合わした力の使いようを知らなかった人間はない。私の周囲のものは私を一個の小心な、魯鈍《ろどん》な、仕事の出来ない、憐《あわ》れむべき男と見る外を知らなかった。私の小心と魯鈍と無能力とを徹底さして見ようとしてくれるものはなかった。それをお前たちの母上は成就《じょうじゅ》してくれた。私は自分の弱さに力を感じ始めた。私は仕事の出来ない所に仕事を見出《みいだ》した。大胆になれない所に大胆を見出した。鋭敏でない所に鋭敏を見出した。言葉を換えていえば、私は鋭敏に自分の魯鈍を見貫《みぬ》き、大胆に自分の小心を認め、労役して自分の無能力を体験した。私はこの力を以《もっ》て己れを鞭《むちう》ち他を生きる事が出来るように思う。お前たちが私の過去を眺めてみるような事があったら、私も無駄には生きなかったのを知って喜んでくれるだろう。

雨などが降りくらして悒鬱《ゆううつ》な気分が家の中に漲《みなぎ》る日などに、どうかするとお前たちの一人が黙って私の書斎に這入《はい》って来る。そして一言パパといったぎりで、私の膝《ひざ》によりかかったまましくしくと泣き出してしまう。ああ何がお前たちの頑是ない眼に涙を要求するのだ。不幸なものたちよ。お前たちが謂《いわ》れもない悲しみにくずれるのを見るに増して、この世を淋しく思わせるものはない。またお前たちが元気よく私に朝の挨拶《あいさつ》をしてから、母上の写真の前に駈《か》けて行って、「ママちゃん御機嫌《ごきげん》よう」と快活に叫ぶ瞬間ほど、私の心の底までぐざと刳《えぐ》り通す瞬間はない。私はその時、ぎょっとして無劫《むごう》の世界*を眼前に見る。

世の中の人は私の述懐を馬鹿々々しいと思うに違いない。何故なら妻の死とはそこにもここにも倦《あ》きはてる程夥《おびただ》しくある事柄の一つに過ぎないからだ。そんな事を重大視する程世の中の人は閑散でない。それは確かにそうだ。然《しか》しそれにもかかわらず、私といわず、お前たちも行く行くは母上の死を何物にも代えがたく悲しく口惜しいものに思う時が来るのだ。世の中の人が無頓着《むとんじゃく》だといってそれを恥じてはならない。それは恥ずべきことじゃない。私たちはそのありがちの事柄の中からも人生の淋しさに深くぶつかってみることが出来る。小さなことが小さなことでない。大きなことが大きなことでない。それは心一つだ。

何しろお前たちは見るに痛ましい人生の芽生えだ。泣くにつけ、笑うにつけ、面白がるにつけ淋しがるにつけ、お前たちを見守る父の心は痛ましく傷つく。

然しこの悲しみがお前たちと私とにどれ程の強みであるかをお前たちはまだ知るまい。私たちはこの損失のお蔭《かげ》で生活に一段と深入りしたのだ。私共の根はいくらかでも大地に延びたのだ。人生を生きる以上人生に深入りしないものは災いである。

同時に私たちは自分の悲しみにばかり浸っていてはならない。お前たちの母上は亡くなるまで、金銭の累《わずら》いからは自由だった。飲みたい薬は何んでも飲む事が出来た。食いたい食物は何んでも食う事が出来た。私たちは偶然な社会組織の結果からこんな特権ならざる特権を享楽《きょうらく》した。お前たちの或るものはかすかながらU氏一家の模様を覚えているだろう。死んだ細君から結核を伝えられたU氏があの理智的な性情を有《も》ちながら、天理教を信じて、その御祈禱《きとう》で病気を癒《いや》そうとしたその心持を考えると、私はたまらなくなる。薬がきくものか祈禱がきくものかそれは知らない。然しU氏は医者の薬が飲みたかったのだ。然しそれが出来なかったのだ。U氏は毎日下血しながら役所に通った。ハンケチを巻き通した喉《のど》からは皺嗄《しわが》れた声しか出なかった。働けば病気が重《おも》る事は知れきっていた。それを知りながらU氏は御祈禱を頼みにして、老母と二人の子供との生活を続けるために、勇ましく飽《あ》くまで働いた。そして病気が重ってから、なけなしの金を出してして貰った古賀液*の注射は、田舎の医師の不注意から静脈を外《はず》れて、激烈な熱を引起した。そしてU氏は無資産の老母と幼児とを後に残してその為めに斃《たお》れてしまった。その人たちは私たちの隣りに住んでいたのだ。何んという運命の皮肉だ。お前たちは母上の死を思い出すと共に、

U氏を思い出すことを忘れてはならない。そしてこの恐ろしい溝《みぞ》を埋める工夫をしなければならない。お前たちの母上の死はお前たちの愛をそこまで拡《ひろ》げさすに十分だと思うから私はいうのだ。

十分人世は淋しい。私たちは唯《ただ》そういって澄ましている事が出来るだろうか。お前達と私とは、血を味った獣のように、愛を味った。行こう、そして出来るだけ私たちの周囲を淋しさから救うために働こう。私はお前たちを愛した。そして永遠に愛する。それはお前たちから親としての報酬を受けるためにいうのではない。お前たちを愛する事を教えてくれたお前たちに私の要求するものは、ただ私の感謝を受取って貰いたいという事だけだ。お前たちが一人前に育ち上った時、私は死んでいるかも知れない。一生懸命に働いているかも知れない。老衰して物の役に立たないようになっているかも知れない。然し何《いず》れの場合にしろ、お前たちの助けなければならないものは私ではない。お前たちの若々しい力は既に下り坂に向おうとする私などに煩《わずら》わされていてはならない。斃れた親を喰《く》い尽して力を貯える獅《し》子の子のように、力強く勇ましく私を振り捨てて人生に乗り出して行くがいい。

今時計は夜中を過ぎて一時十五分を指している。しんと静まった夜の沈黙の中にお前たちの平和な寝息だけが幽《かす》かにこの部屋に聞こえて来る。私の眼の前にはお前たちの叔母が母上にとて贈られた薔薇《ばら》の花が写真の前に置かれている。それにつけて思い出すのは私があの写真を撮《と》ってやった時だ。その時お前たちの中に一番年たけたものが母上の胎に宿っていた。母上は自分でも分らない不思議な望みと恐れとで始終心をなやましていた。その頃の母上は殊《こと》に美しかった。希臘《ギリシャ》の母の真似《まね》だといって、部屋の中にいい肖像を飾っていた。その中にはミネルバ*の像や、ゲーテや、クロムウェル*や、ナイティンゲール女史やの肖像があった。その少女じみた野心をその時の私は軽い皮肉の心で観ていたが、今から思うとただ笑い捨ててしまうことはどうしても出来ない。私がお前たちの母上の写真を撮ってやろうといったら、思う存分化粧をして一番の晴着を着て、私の二階の書斎に這入《はい》って来た。私は寧《むし》ろ驚いてその姿を眺めた。母上は淋しく笑って私にいった。産は女の出陣だ。いい子を生むか死ぬか、そのどっちかだ。だから死際《しにぎわ》の装《よそお》いをしたのだ。――その時も私は心なく笑ってしまった。然し、今はそれも笑ってはいられない。

深夜の沈黙は私を厳粛にする。私の前には机を隔ててお前たちの母上が坐っているようにさえ思う。その母上の愛は遺書にあるようにお前たちを護《まも》らずにはいないだろう。よく眠れ。不可思議な時というものの作用にお前たちを打任してよく眠れ。そうして明日は昨日よりも大きく賢くなって、寝床の中から跳《おど》り出して来い。私は私の役目をなし遂げる事に全力を尽すだろう。私の一生が如何《いか》に失敗であろうとも、又私が如何なる誘惑に打負けようとも、お前たちは私の足跡に不純な何物をも見出し得ないだけの事はする。きっとする。お前たちは私の斃れた所から新しく歩み出さねばならないのだ。然しどちらの方向にどう歩まねばならぬかは、かすかながらにもお前達は私の足跡から探し出す事が出来るだろう。

小さき者よ。不幸なそして同時に幸福なお前たちの父と母との祝福を胸にしめて人の世の旅に登れ。前途は遠い。そして暗い。然し恐れてはならぬ。恐れない者の前に道は開ける。

行け。勇んで。小さき者よ。

生れ出づる悩み

一

私は自分の仕事を神聖なものにしようとしていた。ねじ曲ろうとする自分の心をひっぱたいて、出来るだけ伸び伸びした真直《まっすぐ》な明るい世界に出て、そこに自分の芸術の宮殿を築き上げようと藻掻《もが》いていた。それは私に取ってどれ程喜ばしい事だったろう。と同時にどれ程苦しい事だったろう。私の心の奥底には確かに――凡《すべ》ての人の心の奥底にあるのと同様な――火が燃えてはいたけれども、その火を燻《いぶ》らそうとする塵芥《ちりあくた》の堆積《たいせき》は又ひどいものだった。かき除《の》けてもかき除けても容易に火の燃え立って来ないような瞬間には私は惨《みじ》めだった。私は、机の向うに開かれた窓から、冬が来て雪に埋もれて行く一面の畑を見渡しながら、滞りがちな筆を叱《しか》りつけ叱りつけ運ばそうとしていた。

寒い。原稿紙の手ざわりは氷のようだった。

陽はずんずん暮れて行くのだった。灰色から鼠色に、鼠色から墨色にぼかされた大きな紙を眼の前にかけて、上から下へと一気に視線を落して行く時に感ずるような速さで、昼の光は夜の闇《やみ》に変って行こうとしていた。午後になったと思う間もなく、どんどん暮れかかる北海道の冬を知らないものには、日が逸早《いちはや》く蝕《むしば》まれるこの気味悪い淋しさは想像がつくまい。ニセコアン*の丘陵の裂け目から驀地《まっしぐら》にこの高原の畑地を眼がけて吹きおろして来る風は、割合に粒の大きい軽やかな初冬の雪片を煽《あお》り立て煽り立て横ざまに舞い飛ばした。雪片は暮れ残った光の迷子《まいご》のように、ちかちかした印象を見る人の眼に与えながら、悪戯者《いたずらもの》らしく散々飛び廻った元気にも似ず、降りたまった積雪の上に落ちるや否《いな》や、寒い薄紫の死を死んでしまう。ただ窓に来てあたる雪片だけがさらさらさらさらとささやかに音を立てるばかりで、他の凡ての奴等は残らず唖《おし》だ。快活らしい白い唖の群れの舞踏——それは見る人を涙ぐませる。

私は淋しさの余り筆をとめて窓の外を眺めてみた。そして君の事を思った。

二

私が君に始めて会ったのは、私がまだ札幌に住んでいる頃だった。私の借りた家は札幌の町端《はず》れを流れる豊平川《とよひらがわ》という川の右岸にあった。その家は堤の下の一町歩程もある大きな林檎《りんご》園の中に建ててあった。

そこに或る日の午後君は尋ねて来たのだった。君は少し不機嫌そうな、口の重い、癇《かん》で背丈《た》けが伸びきらないと云ったような少年だった。汚い中学校の制服の立襟《たちえり》のホックをうるさそうに外《はず》したままにしていた、それが妙な事には殊《こと》にはっきりと私の記憶に残っている。

君は座につくとぶっきらぼうに自分の描いた画を見て貰《もら》いたいと云い出した。君は片手では抱えきれない程油絵や水彩画を持ちこんで来ていた。君は自分自身を平気で虐《しいた》げる人のように、風呂敷包の中から乱暴に幾枚かの画を引き抜いて私の前に置いた。そしてじっと探るように私の顔を見詰めた。明らさまに云うと、その時私は君をいやに高慢ちきな若者だと思った。そして君の方には顔も向けないで、拠《よんどころ》なく差し出された画を取り上げて見た。

私は一眼見て驚かずにはいられなかった。少しの修練も経てはいないし幼稚な技巧ではあったけれども、その中には不思議に力が籠《こも》っていてそれが直ぐ私を襲ったからだ。私は画面から眼を放してもう一度君を見直さないではいられなくなった。

で、そうした。その時、君は不安らしいその癖意地張りな眼付をして、やはり私を見続けていた。

「どうでしょう。それなんかは下《くだ》らない出来だけれども」

そう君は如何《いか》にも自分の仕事を軽蔑《けいべつ》するように云った。もう一度明らさまに云うが、私は一方で君の画に喜ばしい驚きを感じながらも、いかにも思い昂《あが》ったような君の物腰には一種の反感を覚えて、一寸《ちょっと》皮肉でも云ってみたくなった。「下らない出来がこれ程なら、会心の作と云うのは大したものでしょうね」とか何んとか。

然《しか》し私は幸にも咄嗟《とっさ》にそんな言葉で自分を穢《けが》すことを遁《のが》れたのだった。それは私の心が美しかったからではない。君の画が何んと云っても君自身に対する私の反感に打ち勝って私に迫っていたからだ。

君が其《そ》の時持って来た画の中で今でも私の心の底にまざまざと残っている一枚がある。それは八号の風景に描かれたもので、軽川《かるがわ》あたりの泥炭地《でいたんち》を写したと覚しい晩秋の風景画だった。荒涼と見渡す限りに連なった地平線の低い葦原《あしわら》を一面に蔽《おお》うた霙雲《みぞれぐも》の隙間《すきま》から午後の日がかすかに漏れて、それが、草の中からたった二木ひょろひょろと生い伸びた白樺《しらかば》の白い樹皮を力弱く照らしていた。単色を含んで来た筆の穂が不器用に画布にたたきつけられて、そのままけし飛んだような手荒な筆触で、自然の中には決して存在しないと云われる純白の色さえ他の色と練り合わされずに、そのままべとりとなすり附けてあったりしたが、それでもじっと見ていると、そこには作者の鋭敏な色感が存分に窺《うかが》われた。そればかりか、その画が与える全体の効果にもしっかりと纏《まと》まった気分が行き渡っていた。悒鬱《ゆううつ》――十六七の少年には哺《はぐく》めそうもない重い悒鬱を、見る者は直ぐ感ずる事が出来た。

「大変いいじゃありませんか」

画に対して素直になった私の心は、私にこう云わさないではおかなかった。

それを聞くと君は心持ち顔を赤くした――と私は思った。すぐ次ぎの瞬間に来ると、君は然し私を疑うような、自分を冷笑《あざわら》うような冷やかな表情をして、暫《しばら》くの間私と画とを等分に見較《みくら》べていたが、ふいと庭の方へ顔を背けてしまった。それは人を馬鹿にした仕打ちとも思えば思われない事はなかった。二人気まずく黙りこくってしまった。私は所在なさに黙ったまま画を眺めつづけていた。

「そいつは何処《どこ》ん処《ところ》が悪いんです」

突然又君の無愛相な声がした。私は今までの妙にちぐはぐになった気分から、一寸自分の意見をずばずばと云い出す気にはなれないでいた。然し改めて君の顔を見ると、云わさないじゃ置かないぞと云ったような真剣さが現われていた。少しでも間に合わせを云おうものなら軽蔑してやるぞと云ったような鋭さが見えた。好《よ》し、それじゃ存分に云ってやろうと私もとうとう本当に腰を据えてかかるようにされていた。

その時私が口に任せてどんな生意気を云ったかは幸いな事に今は大方忘れてしまっている。然しとにかく悪口としては技巧が非常に危なっかしい事、自然の見方が不親切な事、モティヴが*耽情的《たんじょう》過ぎる事などを列《なら》べたに違いない。君は黙ったままいい、まじまじと眼を光らせながら、私の云う事を聴いていた。私が云いたい事だけをあけすけに云ってしまうと、君は暫く黙りつづけていたが、やがて口の隅だけに始めて笑いらしいものを漏らした。それがまた普通の微笑とも皮肉な痙攣《けいれん》とも思いなされた。

それから二人はまた二十分程黙ったままで向い合って坐りつづけた。

「じゃ又持って来ますから見て下さい。今度はもっといいものを描いて来ます」

その沈黙の後で、君が腰を浮かせながら云ったこれだけの言葉は又僕を驚かせた。

丸で別な、初《うぶ》な、素直な子供でもいったような無邪気な明るい声だったから。

不思議なものは人の心の働きだ。この声一つだった。この声一つが君と私とを堅く結びつけてしまったのだった。私は結局君を色々に邪推した事を悔いながらやさしく尋ねた。

「君は学校は何処です」

「東京です」

「東京？　それじゃもう始まっているんじゃないか」

「ええ」

「何故《なぜ》帰らないんです」

「どうしても落第点しか取れない学科があるんでいやになったんです。……それから少し都合もあって」

「君は画をやる気なんですか」

「やれるでしょうか」

そう云った時、君はまた前と同様な強情らしい、人に迫るような顔付きになった。私もそれに対して何んと答えようもなかった。専門家でもない私が、五六枚の画を見ただけで、その少年の未来の運命全体をどうして大胆にも決定的に云いきる事が出来よう。少年の思い入ったような態度を見るにつけて、私には凡てが恐ろしかった。私は黙っていた。

「僕はその中《うち》に――郷里は岩内です――帰ります。岩内のそばに硫黄を掘り出している所があるんです。その景色を僕は夢にまで見ます。その画を作り上げて送りますから見て下さい。……画が好きなんだけれども、下手だから駄目です」

私の答えないのを見て、君は自分をたしなめるように堅い淋しい調子でこう云った。そして私の眼の前に取り出した何枚かの作品を目茶苦茶《めちゃくちゃ》に風呂敷に包みこんで帰って行ってしまった。

君を木戸の所まで送り出してから、私は独りで手広い林檎畑の中を歩きまわった。林檎の枝は熟した果実でたわわになっていた。或る樹などは葉がすっかり散り尽して、赤々とした果実だけが真裸で累々《るいるい》と日にさらされていた。それは快く空の晴れ渡った小春日和《びより》の一日だった。私の庭下駄に踏まれた落葉は乾いた音をたてて微塵《みじん》に押しひしゃがれた。豊満の淋しさというようなものが空気の中にしんみりと漂っていた。丁度その頃は、私も生活の或る一つの岐路に立って疑い迷っていた時だった。私は冬を眼の前に控えた自然の前に幾度も知らず知らず棒立ちになって、君の事と自分の事とをまぜこぜに考えた。

とにかく君は妙に力強い印象を私に残して、私から姿を消してしまったのだ。その後君からは一度か二度問合せか何かの手紙が来たきりでぱったり消息が途絶えてしまった。岩内から来たという人などに邂《あ》うと、私はよくその港にこういう名前の青年はいないか、その人を知らないかなぞと尋ねてみたが、更に手がかりは得られなかった。硫黄採掘場の風景画もとうとう私の手許《てもと》には届いて来なかった。

こうして二年三年と月日がたった。そしてどうかした拍子に君の事を思い出すと、私は人生の旅路の淋しさを味わった。一度とにかく顔を合せて、或る程度まで心を触れ合った同志が、一旦別れたが最後、同じこの地球の上に呼吸しながら、未来永劫《ごうまええ》たと邂逅《めぐりあ》わない……それは何んという不思議な、淋しい、恐ろしい事だ。人とは云うまい、犬とでも、花とでも、塵とでもだ。孤独に親しみ易《やす》い癖に何処か殉《じゅん》情《じょう》的で人なつっこい私の心は、どうかした拍子に、この已《や》むを得ない人間の運命をしみじみと感じて深い悒鬱に襲われる。君も多くの人の中で私にそんな心持を起させる一人だった。

しかも浅はかな私等人間は猿《さる》と同様に物忘れする。四年五年という歳月は君の記憶を私の心から綺麗《きれい》に拭《ぬぐ》い取ってしまおうとしていたのだ。君は段々私の意識の閾《しきい》を踏み越えて、潜在意識の奥底に隠れて仕舞おうとしていたのだ。

この短かからぬ時間は私の身の上にも私相当の変化を惹《ひ》き起していた。私は足かけ八年住み慣れた札幌——極く手短かに云っても、そこで私の上にも色々な出来事が湧《わ》き上った。妻も迎えた。三人の子の父ともなった。永い間の信仰から離れて教会とも縁を切った。それまでやっていた仕事に段々失望を感じ始めた。新しい生活の芽が周囲の拒絶をも無《な》みして、そろそろと芽ぐみかけていた。私の眼の前の生活の道にはおぼろげながら気味悪い不幸の雲が蔽いかかろうとしていた。私は始終私自身の力を信じていいのか疑わねばならぬかの二筋道に迷いぬいた——を去って、私には物足らない都会生活が始まった。そして、眼にあまる不幸がつぎつぎに足許からまくし上るのを手を拱《こまね》いてじっと眺めねばならなかった。心の中に起ったそんな危機の中で、私は捨て身になって、見も知らぬ新しい世界に乗り出す事を余儀なくされた。それは文学者としての生活だった。私は今度こそは全く独りで歩かねばならぬと決心の臍《ほぞ》を堅めた。又この道に踏み込んだ以上は、出来ても出来なくても人類の意志と取組む覚悟をしなければならなかった。私は始終自分の力量に疑いを感じ通しながら原稿紙に臨んだ。人々が寝入って後、草も木も寝入って後、独り目覚めてしんとした夜の寂寞《せきばく》の中に、万年筆のペン先が紙にきしり込む音だけを聞きながら、私は神がかりのように夢中になって筆を運ばしている事もあった。私の周囲には亡霊のような魂がひしめいて、紙の中に生れ出ようと苦しみあせっているのをはっきりと感じた事もあった。そんな時気が付いてみると、私の眼は感激の涙に漂っていた。芸術に溺《おぼ》れたものでなくって、そういう時のエクスタシー＊を誰が味《あじわ》い得よう。然し私の心が痛ましく裂け乱れて、純一な気持が何処の隅にも見付けられない時の淋しさは又何んと喩《たと》えようもない。その時私は全く一塊の物質に過ぎない。私には何んにも残されない。私は自分の文学者である事を疑ってしまう。文学者が文学者である事を疑う程、世に空虚な頼りないものが復たとあろうか。そういう時に彼は明かに生命から見放されてしまっているのだ。こんな瞬間に限って何時《いつ》でも決ったように私の念頭に浮ぶのは君のあの時の面影だった。自分を信じていいのか悪いのかを決しかねて、逞《たくま》しい意志と冷刻な批評とが互に衷《うち》に戦って、思わず知らず凡《すべ》てのものに向って敵意を含んだ君のあの面影だった。私は筆を捨てて椅子《いす》から立ち上り、部屋の中を歩き廻りながら、自分につぶやくように云った。

「あの少年はどうなったろう。道を踏み迷わないでいてくれ。自分を誇大して取り返しのつかない死出の旅をしないでいてくれ。若《も》し彼に独自の道を切り開いて行く天稟《てんぴん》がないのなら、万望《どうか》正直な勤勉な凡人として一生を終ってくれ。もうこの苦しみは俺《おれ》一人だけで沢山だ」

ところが去年の十月――と云えば、川岸の家で偶然君と云うものを知ってから丁度十年目だ――の或る日雨のしょぼしょぼと降っている午後に一封の小包が私の手許に届いた。女中がそれを持って来た時、私は干魚が送られたと思った程部屋の中が生臭くなった。包みの油紙は雨水と泥とでひどく汚れていて、差出人の名前が漸《ようや》くの事で読める位だったが、そこに記された姓名を私は誰ともはっきり思い出すことが出来なかった。ともかくもと思って私はナイフで巌丈《がんじょう》な渋びきの麻糸を切りほごしにかかった。油紙を一皮めくるとその中に又麻糸で堅く結わえた油紙の包みがあった。それをほごすと又油紙で包んであった。一寸《ちょつと》腹の立つ程念の入った包み方で、百合《ゆり》の根を剥《は》がすように一枚々々むいて行くと、ようやく幾枚もの新聞紙の中から、手垢《てあか》でよごれきった手製のスケッチ帖《ちょう》が三冊、きりきりと棒のように巻き上げられたのが出て来た。私は小気味悪い魚の匂《にお》いを始終気にしながらその手帖を拡《ひろ》げてみた。

それはどれも鉛筆で描かれたスケッチ帖だった。そしてどれにも山と樹木ばかりが描かれてあった。私は一眼見ると、それが明かに北海道の風景である事を知った。のみならず、それは明かに本当の芸術家のみが見得る、そして描き得る深刻な自然の肖像画だった。

「やっつけたな！」咄嗟《とっさ》に私は少年のままの君の面影を心一杯に描きながら下唇を嚙《か》みしめた。そして思わず微笑《ほほえ》んだ。白状するが、それが若し小説か戯曲であったら、その時の私の顔には微笑の代りに苦《にが》い嫉妬《しっと》の色が濃く漲《みなぎ》っていたかも知れない。

その晩になって一封の手紙が君から届いて来た。やはり厚い画学紙に擦り切れた筆で乱雑にこう走り書きがしてあった。

「北海道ハ秋モ晩《オソ》クナリマシタ。野原ハ、毎日ノヨウニツメタイ風ガ吹イテイマス。

日頃愛惜シタ樹木ヤ草花ナドガ、イットハナク落葉シテシマッテイル。秋ハ人ノ心ニ色々ナ事ヲ思ワセマス。

日ニヨリマストアタリノ山々ガ浮キアガッタカト思ワレル位空ガ美シイ時ガアリマス。然シ大テイハ風ト一所ニ雨ガバラバラヤッテ来テ路《ミチ》ヲ悪クシテイルノデス。

昨日スケッチ帖ヲ三冊送リマシタ。イツカあなたニ画《エ》ヲ見テモライマシテカラ、故郷デ貧乏漁夫デアル私ハ、毎日忙シイ仕事ト激シイ労働ニ追ワレテイルノデ、ツイ今年マデ画ヲカイテミタカッタノデスガ、ツイ描ケナカッタノデス。

今年ノ七月カラ始メテ画用紙ヲトジテ画帖ヲ作リ、鉛筆デ（モノ）ニ向ッテミマシタ。シカシ労働ニ害サレタ手ハ思ウヨウニ自分ノ感力ヲ現ワス事ガ出来ナイデ困リマス。

コンナツマラナイ素描帖ヲ見テ下サイト云ウノハ大ヘンツライノデス。然シ私ハイツワラナイデ始メタ時カラノヲ全部送リマシタ。（中略）

私ノ町ノ智的素養ノ幾分ナリトモアル青年デモ、自分トイウモノニツイテ思イヲメグラス人ハ少ナイヨウデス。青年ノ多クハ小サクサカシクオサマッテイルモノカ、ツマラナク時ヲ無為ニ送ッテイマス。デスガ私ハ私ノ故郷ダカラ好キデス。色々ナモノガ私ノ心ヲオドラセマス。私ノスケッチニ取ルベキ所ノアルモノガアルデショウカ。私ハ何トナクコンナツマラヌモノヲあなたニ見テモラウノガハズカシイノデス。

山ハ絵具ヲドッシリ付ケテ、山ガ地上カラ空ヘモレアガッテイルヨウニ描イテミタイモノダト思ッテイマス。私ノスケッチデハ私ノ感ジガドウモ出ナイデコマリマス。私ノ山ハ私ガ実際ニ感ジルヨリモアマリ平面ノヨウデス。樹木モドウモ物体感ニトボシク思ワレマス。色ヲツケテミタラヨカロウト考エテイマスガ、時間ト金ガナイノデ、コンナモノデ腹イセヲシテイルノデス。

私ハ色々ナ構図デ頭ガ一パイニナッテイルノデスガ、何シロマダ描クダケノ腕ガナイヨウデス。御忙ガシイあなたニコンナ無遠リョヲカケテ大ヘンスマナク思ッテイマス。イツカ御ヒマガアッタラ御教示ヲ願イマス。

十月末」

こう思ったままを書きなぐった手紙がどれ程私を動かしたか、君には一寸想像がつくまい。自分が文学者であるだけに、私は他人の書いた文字の中にも真実と虚偽とを直感する可なり鋭い能力が発達している。私は君の手紙を読んでいる中に涙ぐんでしまった。魚臭い油紙と、立派な芸術品であるスケッチ帖と、君の文字との間には一分の隙《すき》もなかった。「感力」という君の造語は立派な内容を持つ言葉として私の胸に響いた。「山ハ絵具ヲドッシリ付ケテ、山ガ地上カラ空ヘモレアガッテイルヨウニ描イテミタイ」……山が地上から空にもれあがる……それは素晴らしい自然への肉迫を表現した言葉だ。言葉の中に沁《し》み渡ったこの力は、軽く対象を見て過ごす微温な心の、真似《まね》にも生み出し得ない調子を持った言葉だ。

「誰も気も付かず注意も払わない地球の隅っこで、尊い一つの魂が母胎を破り出ようとして苦しんでいる」

私はそう思ったのだ。そう思うとこの地球というものが急により美しいものに感じられたのだ。そう感ずると何んとなく涙ぐんでしまったのだ。

その頃私は北海道行きを計画していたが、雑用に紛れて躊躇《ちゅうちょ》する中に寒くなりかけたので、もういっそやめようかと思っていた所だった。然し君のスケッチ帖と手紙とを見ると、是非君に会ってみたくなって、一徹にすぐ旅行の準備にかかった。その日から一週間とたたない十一月の五日には、もう上野駅から青森への直行列車に乗っている私自身を見出《みいだ》した。

札幌での用事を済まして農場に行く前に、私は岩内にあてて君に手紙を出して置いた。農場からはそう遠くもないから、来られるなら来ないか、成るべくならお目に懸《かか》りたいからと云って。

　農場に着いた日には君は見えなかった。その翌日は朝から雪が降り出した。私は窓の所へ机を持って行って、原稿紙に向って呻吟《しんぎん》しながら心待ちに君を待つのだった。そして渋り勝ちな筆を休ませる間に、今まで書き連ねて来たような過去の回想やら当面の期待やらをつぎつぎに脳裡《のうり》に浮ばしていたのだった。

三

　夕闇《ゆうやみ》は段々深まって行った。事務所をあずかる男が、ランプを持って来た序《ついで》に、夜食の膳《ぜん》を運ぼうかと尋ねたが、私はひょっとすると君が来はしないかと云う心づかいから、わざとそのままにしておいて貰《もら》って、またかじり付くように原稿紙に向った。大きな男の姿が部屋からのっそりと消えて行くのを、視覚のはずれに感じて、都会から久しぶりで来てみると、物でも人でも大きくゆったりしているのに今更ながら一種の圧迫をさえ感ずるのだった。

　渋りがちな筆がいくらもはかどらない中に、夕闇はどんどん夜の暗さに代って、窓ガラスの先方《むこう》は雪と闇とのぼんやりした明暗《キャロスキュロ》になってしまった。自然は何かに気を障《さ》え出したように、夜と共に荒れ始めていた。底力の籠《こも》った鈍い空気が、音もなく重苦しく家の外壁に肩をあてがってうんと凭《もた》れかかるのが、畳の上に坐っていても何んとなく感じられた。自然が粉雪を煽《あお》りたてて、処《ところ》きらわずたたきつけながら、のたうち廻って呻《うめ》き叫ぶその物凄《ものすご》い気配はもう迫っていた。私は窓ガラスに白木綿《もめん》のカーテンを引いた。自然の暴威をせき止める為めに人間が苦心して創《つく》り上げたこのみじめな家屋という領土が脆《もろ》く小さく私の周囲に眺めやられた。

突然、ど、ど、ど……という音が——運動が（そういう場合、音と運動との区別はない）天地に起った。さあ始まったと私は二つに折った背中を思わず立て直した。同時に自然は上歯を下唇にあてがって思いきり長く気息《いき》を吹いた。家がぐらぐらと揺れた。地面から跳《おど》り上った雪が二三度弾《はず》みを取っておいて、どっと一気に天に向って、謀反《むほん》でもするように、降りかかって行くあの悲壮な光景が、まざまざと部屋の中にすくんでいる私の想像に浮べられた。駄目だ。待った所がもう君は来やしない。停車場からの雪道はもう疾《と》うに埋まってしまったに違いないから。私は吹雪の底にひたりながら、物淋しくそう思って、又机の上に眼を落した。

筆は益々《ますます》渋るばかりだった。軽い陣痛のようなものは時々起りはしたが、大切な文字は生れ出てくれなかった。こうして私に取って情ないもどかしい時間が三十分も過ぎた頃だったろう、農場の男が又のそりと部屋に這入って来て客来を知らせたのは。私の喜びを君は想像する事が出来る。やはり来てくれたのだ。私は直ぐに立って事務室の方へかけ付けた。事務室の障子を開けて、二畳敷程もある大囲炉裡《いろり》の切られた台所に出てみると、そこの土間に、一人の男がまだ靴も脱がずに突っ立っていた。農場の男も、その男にふさわしく肥《ふと》って大きな内儀《かみ》さんも、普通な背丈けにしか見えない程その客という男は大きかった。言葉通りの巨人だ。頭からすっぽりと頭巾《ずきん》のついた黒っぽい外套《がいとう》を着て、雪まみれになって、口から白い気息をむらむらと吐き出すその姿は、実際人間という感じを起させない程だった。子供までがおびえた眼付をして内儀さんの膝《ひざ》の上に丸まりながら、その男をうろんらしく見詰めていた。

君ではなかったなと思うと僕は期待に裏切られた失望の為めに、いらいらしかけていた神経のもどかしい感じが更につのるのを覚えた。

「さ、ま、ずっとこっちにお上りなすって」

農場の男は僕の客だというので出来るだけ丁寧にこういって、囲炉裡のそばの煎餅蒲団《せんべいぶとん》を裏返した。

その男は一寸頭で挨拶《あいさつ》して囲炉裡の座に這入《はい》って来たが、天井の高いだだっ広い台所に点《とも》された五分心《しん》のランプと、ちょろちょろと燃える木節《きぶし》の囲炉裡火とは、黒い大きな塊的《マッス》とよりこの男を照らさなかった。男がぐっしょり湿った兵隊の古長靴を脱ぐのを待って、私は黙ったまま案内に立った。今はもう、この男によって、無駄な時間がつぶされないように、いやな気分にさせられないようにと心窃《ひそ》かに願いながら。

部屋に這入って二人が座についてから、私は始めて本当にその男を見た。男はぶきっちょうに、それでも四角に下座に坐って、丁寧に頭を下げた。

「暫《しばら》く」

八畳の座敷に余るような錆《さび》を帯びた太い声がした。

「あなたは誰方《どなた》ですか」

大きな男は一寸きまりが悪そうに汗でしとどになった真赤な額を撫《な》でた。

「木本です」

「え、木本君!?」

これが君なのか。私は驚きながら改めてその男をしげしげと見直さなければならなかった。疳《かん》の為めに背丈けも伸びきらない、何処《どこ》か病質にさえ見えた悒鬱《ゆううつ》な少年時代の君の面影は何処にあるのだろう。又落葉松《からまつ》の幹の表皮からあすこここに覗《のぞ》き出している針葉の一本をも見逃さずに、愛撫《あいぶ》し理解しようとする、スケッチ帖で想像されるような鋭敏な神経の所有者らしい姿はどこにあるのだろう。地《じ》をつぶしてさしこをした厚衣《あっし》*を二枚重ね着して、どっしりと落付いた君の坐り形は、私より五寸も高く見えた。筋肉で盛り上った肩の上に、正しく嵌《は》め込まれた牡牛《おうし》のように太い頸《くび》に、稍《やや》長めな赤銅色の君の顔は、健康そのもののようにしっかりと乗っていた。筋肉質な君の顔は、何処から何処まで引締っていたが、輪廓《りんかく》の正しい眼鼻立ちの隈々《くまぐま》には、心の中から湧《わ》いて出る寛大な微笑の影が、自然に漂っていて、脂肪気《あぶらけ》のない君の容貌をも暖かく見せていた。

「何んという無類な完全な若者だろう」私は心の中でこう感歎《かんたん》した。恋人を紹介する男は、深い猜疑《さいぎ》の眼で恋人の心を見守らずにはいられまい。君の与える素晴らしい男らしい印象はそんな事まで私に思わせた。

「吹雪《ふぶ》いてひどかったろう」

「何んの。……温《ぬく》くって温くって汗がはあえらく出ました。けんど道が分んねえで困ってると、仕合せよく水車番に遇《あ》ったからすぐ知れました。あれは親身《しんみ》な人だっけ」

君の素直な心はすぐ人の心に触れると見える。あの水車番というのは実際この辺で珍らしく心持のいい男だ。君は手拭《てぬぐい》を腰から抜いて湯気が立たんばかりに汗になった顔を幾度も押し拭った。

夜食の膳が運ばれた。「もう我慢がなんねえ」と云って、君は今まで堅くしていた膝を崩して胡坐《あぐら》をかいた。「きちょうめんに坐ることなんぞはあ無えもんだから」二人は子供同志のような楽しい心で膳に向った。君の大食は愉快に私を驚かした。食後の茶を飯茶碗《めしぢゃわん》に二三杯続けさまに飲む人を私は始めて見た。

夜食をすましてから、夜中まで二人の間に取りかわされた楽しい会話を私は今だに同じ楽しさを以《もっ》て思い出す。戸外ではここを先途と嵐が荒れまくっていた。部屋の中ではストーヴの向座に胡坐をかいて、癖のように時折り五分刈りの濃い頭の毛を逆さに撫で上げる男惚《ぼ》れのする君の顔が部屋を明るくしていた。君は巌丈《がんじょう》な文鎮《おもし》になって小さな部屋を吹雪から守るように見えた。温まるにつれて、君の周囲から蒸れ立つ生臭い魚の香は強く部屋中に籠ったけれども、それは荒い大海を生々しく聯想《れんそう》させるだけで、何んの不愉快な感じも起させなかった。人の感覚というものも気儘《きまま》なものだ。

楽しい会話と云った。然しそれは面白いと云う意味では勿論《もちろん》ない。何故なれば君は屡々《しばしば》不器用な言葉の尻《しり》を消して、曇った顔をしなければならなかったから。そして私も君の苦しい立場や、自分自身の迷い勝ちな生活を痛感して、暗い心に捕えられねばならなかったから。

その晩君が私に話して聞かしてくれた君のあれからの生活の輪廓を私はここにざっと書き連ねずには置けない。

札幌で君が私を訪れてくれた時、君には東京に遊学すべき途《みち》が絶たれていたのだった。一時北海道の西海岸で、小樽をすら凌駕《りょうが》して賑《にぎ》やかになりそうな気勢を見せた岩内港は、さしたる理由もなく、少しも発展しないばかりか、段々さびれて行くばかりだったので、それにつれて君の一家にも生活の苦しさが加えられて来た。君の父上と兄上と妹とが気を揃《そろ》えて水入らずにせっせと働くにも係《かか》わらず、そろそろと泥沼の中に滅入《めい》り込むような家運の衰勢をどうする事も出来なかった。学問というものに興味がなく、従って成績の面白くなかった君が、芸術に捧誓したい熱意を抱きながら、その淋しくなりまさる古い港に帰る心持になったのはその為めだった。そういう事を考え合わすと、あの時君が何んとなく暗い顔付をして、いらいらしく見えたのがはっきり分るようだ。君は故郷に帰っても、仕事の暇々には、心あてにしている景色でも描く事を、せめてもの頼みにして札幌を立ち去って行ったのだろう。

然し君の家庭が君に待設けていたものは、そんな余裕の有る生活ではなかった。年のいった父上と、どっちかと云えば漁夫としての健康は持合わせていない兄上とが、普通の漁夫と少しも変りのない服装で網をすきながら君の帰りを迎えた時、大きい漁場の持主という風が家の中から根こそぎ無くなっているのを眼《ま》のあたりに見やった時、君はそれまでの考えの呑気《のんき》過ぎたのに気が付いたに違いない。十分の思慮もせずにこんな生活の渦巻の中に我れから飛び込んだのを、君の芸術的欲求は何処かで悔んでいた。その晩、磯臭い空気の籠った部屋の中で、枕《まくら》に就きながら、陥《かん》穽《せい》にかかった獣のような焦躁《いらだたし》さを感じて、瞼《まぶた》を合わす事が出来なかったと君は私に告白した。そうだったろう。その晩一晩だけの君の心持を委《くわ》しく考えただけで、私は一つの力強い小品を作り上げる事が出来ると思う。

然《しか》し親思いで素直な心を持って生れた君は、君を迎え入れようとする生活から逃れ出る事をしなかったのだ。詰襟《つめえり》のホックをかけずに着慣れた学校服を脱ぎ捨てて、君は厚衣《あつし》を羽織る身になった。明鯛《すけそう》から鱈《たら》、鱈から鰊《にしん》、鰊から烏賊《いか》というように、四季絶える事のない忙がしい漁撈《ぎょろう》の仕事にたずさわりながら、君は一年中かの北海の荒浪や激しい気候と戦って、淋しい漁夫の生活に没頭しなければならなかった。しかも港内に築かれた防波堤が、技師の飛んでもない計算違いから、波を防ぐ代りに、砂をどんどん港内に流し入れる破目になってから、船繋《がか》りのよかった海岸は見る見る浅瀬に変って、出漁には都合のいい目ぬきの位置にあった君の漁場は廃《すた》れ物同様になってしまい、已《や》むなく高い駄賃を出して他人の漁場を使わなければならなくなったのと、北海道第一と云われた鰊の群来《くき》が年々減って行く為めに、さらぬだに生活の圧迫を感じて来ていた君の家は、親子が気心を揃え力を合わして、命がけに働いても年々貧窮に追い迫られ勝ちになって行った。

親身《しんみ》な、やさしい、そして男らしい心に生れた君は、黙ってこの有様を見て過ごす事は出来なくなった。君は君に近いものの生活の為めに、正しい汗を額に流すのを悔いたり恥じたりしてはいられなくなった。そして君は驀地《まっしぐら》に労働生活の真中心《まっただなか》に乗り出した。寒暑と波濤《はとう》と力業と荒くれ男等との交りは君の筋骨と度胸とを鉄のように鍛え上げた。君はすくすくと大木のように逞《たくま》しくなった。

「岩内にも漁夫《りょうし》は多いども腕力《うでぢから》にかけて俺《お》らに叶《かな》うものは一人だっていねえ」

君はあたり前の事を云って聞かせるようにこう云った。私の前に坐った君の姿は私にそれを信ぜしめる。

パンの為めに生活のどん底まで沈みきった十年の月日――それは短いものではない。大抵の人は恐らくその年月の間にそう云う生活から跳ね返る力を失ってしまうだろう。世の中を見渡すと、何百万、何千万の人々が、こんな生活にその天授の特異な力を踏みしだかれて、空《むな》しく墳墓の草となってしまったろう。それは全く悲しい事だ。そして不条理な事だ。然し誰がこの不条理な世相に非難の石を抛《なげう》つ事が出来るだろう。これは悲しくも私達の一人々々が肩の上に背負わなければならない不条理だ。特異な力を埋め尽してまでも、当面の生活に没頭しなければならない人々に対して、私達は尊敬に近い同情をすら捧《ささ》げねばならぬ悲しい人生の事実だ。あるがままの実相だ。

パンの為めに精力のあらん限りを用い尽さねばならぬ十年――それは短いものではない。それにも係わらず、君は性格の中に植え込まれた憧憬《どうけい》を一刻も捨てなかったのだ。捨てる事が出来なかったのだ。

雨の為めとか、風の為めとか、一日も安閑としてはいられない漁夫の生活にも、為《な》す事なく日を過ごさねばならぬ幾日かが、一年の間には偶《たま》に来る。そう云う時に、君は一冊のスケッチ帖《ちょう》(小学校用の粗雑な画学紙を不器用に網糸で綴《つづ》ったそれ)と一本の鉛筆とを、魚の鱗《うろこ》や肉片がこびりついたまま、ごわごわに乾いた仕事着の懐《ふところ》にねじ込んで、ぶらりと朝から家を出るのだ。

「逢《あ》う人は俺ら事気違いだというんです。けんど俺ら山をじっとこう見ていると、何もかも忘れてしまうです。誰だったか何かの雑誌で『愛は奪う』と云うものを書いて、人間が物を愛するのはその物を強奪《ふんだ》くるだと云っていたようだが、俺ら山を見ていると、そんな気は起したくも起らないね。山がしっくり俺ら事引きずり込んでしまって、俺ら唯惘《ただあき》れて見ているだけです。その心持が描《か》いてみたくって、あんな下手なものをやってみるが、から駄目です。あんな山の心持を描いた画があらば、見るだけでも見たいもんだが、ありませんね。天気のいい気持のいい日にうんと力《ちから》瘤《こぶ》を入れてやってみたらと思うけんど、暮しも忙《せわ》しいし、やっても俺らにはやっぱり手に余るだろう。色も付けてみたいが、絵具は国に引っ込む時、絵の好きな友達にくれてしまったから。俺らのような絵には又買うのも惜しいし。海を見れば海でいいが、山を見れば山でいい。勿体《もったい》ない位そこいらに素晴らしい好いものがあるんだが、力が足んねえです」

と云ったりする君の言葉も容子も私には忘れる事の出来ないものになった。その時は胡坐にした両脛《すね》を手でつぶれそうに堅く握って、胸に余る興奮を静かな太い声でおとなしく云い現わそうとしていた。

私共が一時過ぎまで語り合って寝床に這入《はい》って後も、吹きまく吹雪は露ほども力をゆるめなかった。君は君で、私は私で、妙に寝つかれない一夜だった。踏まれても踏まれても、自然が与えた美妙《びみよう》な優しい心を失わない、失い得ない君の事を思った。仁王《におう》のような逞ましい君の肉体に、少女のように敏感な魂を見出すのは、この上なく美しい事に私には思えた。君一人が人生の生活というものを明るくしているようにさえ思えた。そして私は段々私の仕事の事を考えた。どんなに藻掻《もが》いてみてもまだまだ本当に自分の所有を見出《みいだ》す事が出来ないで、動《やや》もするとこじれた反抗や敵愾心《てきがいしん》から一時的な満足を求めたり、生活を歪《ゆが》んで見る事に興味を得ようとしたりする心の貧しさ——それが私を無念がらせた。そしてその夜は、君のいかにも自然な大きな生長と、その生長に対して君が持つ無意識な謙譲と執着とが私の心に強い感激を起させた。

次の日の朝、こうしてはいられないと云って、君は嵐の中に帰り支度をした。農場の男達すらもう少し空模様を見てからにしろと強《し》いて止めるのも聞かず、君は素足にかちんかちんに凍った兵隊長靴をはいて、黒い外套《がいとう》をしっかり着こんで土間に立った。北国の冬の日暮しには殊更《ことさら》なつかしまれるものだ。名残を心から惜しんでだろう、農場の人達も親身にあれこれと君を労《いたわ》った。すっかり頭巾《ずきん》を被《かぶ》って、十二分に身支度をしてから出懸けたらいいだろうと皆んなが寄って勧めたけれども、君は素朴な憚《はばか》りから帽子も被らずに、重々しい口調で別れの挨拶《あいさつ》をすますと、ガラス戸を引き開けて戸外に出た。

私はガラス窓をこづいて外面に降り積んだ雪を落しながら、吹き溜《たま》った真白な雪の中をこいで行く君を見送った。君の黒い姿は——やはり頭巾を被らないままで、頭をむき出しにして雪になぶらせた——君の黒い姿は、白い地面に腰まで埋まって、或は濃く、或は薄く、縞《しま》になって横降りに降りしきる雪の中を、ただ一人段々遠ざかって、とうとう霞《かす》んで見えなくなってしまった。

そして君に取残された事務所は、君の来る前のような単調な淋しさと降りつむ雪とに閉じこめられてしまった。

私がそこを発《た》って東京に帰ったのは、それから三四日後の事だった。

四

今は東京の冬も過ぎて、梅が咲き椿《つばき》が咲くようになった。太陽の生み出す慈愛の光を、地面は胸を張り拡《ひろ》げて吸い込んでいる。君の住む岩内の港の水は、まだ流れこむ雪解の水に薄濁る程にもなってはいまい。鋼鉄を水で溶かしたような海面が、動もすると角立った波を挙げて、岸を目がけて終日攻めよせているだろう。それにしてももう老いさらぼえた雪道を器用に拾いながら、金魚売りが天秤棒《てんびんぼう》を担《にな》って、無理にも春を喚《よ》び覚ますような売声を立てる季節にはなったろう。浜には津軽や秋田辺から集まって来た旅雁《りよがん》のような漁夫達が、鰊の建網《たてあみ》*の修繕をしたり、大釜《おおがま》の据え付けをしたりして、黒ずんだ自然の中に、毛布の甲がけや外套のけばけばしい赤色を播《ま》き散らす季節にはなったろう。この頃私は又妙に君を思い出す。君の張り切った生活の有様を頭に描く。君はまざまざと私の想像の視野に現われ出て来て、見るように君の生活とその周囲とを私に見せてくれる。芸術家に取っては夢と現《うつつ》との閾《しきい》はないと云っていい。彼は現実を見ながら眠っている事がある。夢を見ながら眼を見開いている事がある。私が私の想像にまかせて、ここに君の姿を写し出してみる事を君は拒むだろうか。私の鈍い頭にも同感というものの力がどの位働き得るかを私は自分で試してみたいのだ。君の寛大はそれを許してくれる事と私はきめてかかろう。

五

　君を思い出すにつけて、私の頭にすぐ浮び出て来るのは、何と云っても淋しく物すさまじい北海道の冬の光景だ。

長い冬の夜はまだ明けない。雷電峠と反対の湾の一角から長く突き出た造り損《そこ》ねの防波堤は大蛇の亡骸《むくろ》のような真黒い姿を遠く海の面に横たえて、夜目にも白く見える波濤の牙《きば》が、小休みもなくその胴腹に噛《く》いかかっている。砂浜に繋《もや》われた白艘《そう》近い大和船《やまとせん》は、舳《へさき》を沖の方へ向けて、互にしがみ付きながら、長い帆柱を左右前後に振り立てている。その側に、様々の漁具と弁当のお櫃《ひつ》とを持って集まって来た漁夫達は、言葉少なに物を云い交わしながら、防波堤の上に建てられた組合の天気予報の信号燈を見やっている。暗い闇《やみ》の中に、白と赤との二つの火が、夜鳥の眼のようにぎらりと光っている。赤と白との二つの球は、危険警戒を標示する信号だ。船を出すには一番鳥が啼《な》きわたる時刻まで待ってからにしなければならぬ。町の方は寝鎮《しず》まって灯一つ見えない。それ等の総《すべ》てを被《おお》いくるめて凍った雲は幕のように空低く懸っている。音を立てないばかりに雲は山の方から沖の方へと絶間なく走り続ける。汀《みぎわ》まで雪に埋まった海岸には、見渡せる限り、白波がざぶんざぶん砕けて、風が――空気そのものをかっ浚《さら》ってしまいそうな激しい寒い風が雪に閉された山を吹き、漁夫を吹き、海を吹きまくって、驀地《まっしぐら》に水と空との閉じ目を眼がけて突きぬけて行く。

漁夫達の群れから少し離れて、一団になったお内儀《かみ》さん達の背中から赤子の激しい泣き声が起る。暫《しばら》くしてそれが鎮まると、風の生み出す音の高い不思議な沈黙がまた天と地とに漲《みなぎ》り満ちる。

稍《やや》二時間も経《た》ったと思う頃、綾目《あやめ》も知れない闇の中から、硫黄《いおう》ヶ岳の山頂——右肩を聳《そび》やかして、左を撫《な》で肩にした——が雲の産んだ鬼子のように、空中に現われ出る。鈍い土がまだ振り向きもしない中に、空は逸早《いちはや》くも暁の光を吸い初めたのだ。

模範船（港内に四五艘あるのだが、船も大きいし、それに老練な漁夫が乗り込んでいて、他の船に駈引《かけひ》き進退の合図をする）の船頭が頭を鳩《あつ》めて相談をし始める。何処とも知れず、あの昼には気疎《けうと》い羽色を持った烏《からす》の声が勇ましく聞こえ出す。漁夫達の群れもお内儀さん達の団《かたま》りも、石のような不動の沈黙から急に生き返って来る。

「出すべ」

そのさざめきの間に、潮で錆《さ》びきった老船頭の幅の広い塩辛声が高くこう響く。

漁夫達は力強い鈍さを以て、互に今まで立ち尽していた所を歩み離れて銘々の持ち場につく。お内儀さん達は右に左に良人や兄や情人やを介抱して駈け歩く。今まで陶酔したように他愛《たわい》もなく波に揺られていた船の艫《とも》には漁夫達が膝頭《ひざがしら》まで水に浸って、喚《わめ》き始める。罵《ののし》り騒ぐ声が一としきり聞こえたと思うと、船は拠《よんどころ》なさそうに、右に左に揺らぎながら、船首を高く擡《もた》げて波頭を切り開き切り開き、狂い暴れる波打際《ぎわ》から離れて行く。最後の高い罵りの声と共に、今までの鈍さに似ず、あらゆる漁夫は、猿《ましら》のように船の上に飛び乗っている。動《やや》ともすると、舳を岸に向けようとする船の中からは、長い竿《さお》が水の中に幾本も突き込まれる。船は已《や》むを得ず又立ち直って沖を眼指す。

　この出船の時の人々の気組み働きは、誰にでも激烈なアレッグロ*で終る音楽の一片を思い起さすだろう。がやがやと騒ぐ聴衆のような雲や波の擾乱《じょうらん》の中から、漁夫達の鈍い Largo pianissimo* とも云うべき運動が起って、それが始めの中は周囲の騒音の中に消されているけれども、段々とその運動は熱情的となり力付いて行って、霊を得たように、漁夫の乗り込んだ船が波を切り、段々と早くなる一定のテンポを取って沖に乗り出して行く様は、力強い楽手の手で思い存分大胆に奏《かな》でられる Allegro Molto* を思い出させずには置かぬだろう。凡《すべ》てのものの緊張した其処《そこ》には、いつでも音楽が生れるものとみえる。

船はもう一個の敏活な生き物だ。船縁からは百足虫《むかで》のように艪《ろ》の足を出し、艫からは鯨のように舵《かじ》の尾を出して、あの物悲しい北国特有な漁夫の懸声に励まされながら、真暗に襲いかかる波のしぶきを凌《しの》ぎ分けて、沖へ沖へと岸を遠ざかって行く。海岸に一と団《かたま》りになって船を見送る女達の群れはもう命のない黒い石ころのようにしか見えない。漁夫達は艪を漕《こ》ぎながら、帆綱を整えながら、浸水《あか》を汲《く》み出しながら、その黒い石ころと、模範船の艫から一字を引いて怪火《かいか》のように流れる炭火の火の子とを眺めやる。長い鉄の火箸《ひばし》に火の起った炭を挟《はさ》んで高く挙げると、それが風を喰って盛んに火の子を飛ばすのだ。凡ての船は始終それを目あてにして進退をしなければならない。炭火が一つ挙げられた時には、天候の悪くなる印《しるし》と見て船を停め、二つ挙げられた時には安全になった印として再び進まねばならぬのだ。暁闇《ぎょうあん》を、物々しく立ち騒ぐ風と波との中に、海面低く火花を散らしながら青い焔《ほのお》を放って、燃え上り燃えかすれるその光は、幾百人の漁夫達の命を勝手に支配する運命の手だ。その光が運命の物凄《ものすご》さを以て海上に長く尾を引きながら消えて行く。

何処《どこ》からともなく海鳥の群れが、白く長い翼に羽音を立てて風を切りながら、船の上に現われて来る。猫のような声で小さく呼び交わすこの海の沙漠《さばく》の漂浪者は、さっと落して来て波に腹を撫でさすかと思うと、翼を返して高く舞い上り、やや暫く風に逆らってじっとこたえてから、思い直したように打ち連れて、小気味よく風に流されて行く。その白い羽根が或る瞬間には明るく、或る瞬間には暗く見え出すと、長い北国の夜もようやく明け離れて行こうとするのだ。夜の闇は暗く濃く沖の方に追いつめられて、東の空には黎明《れいめい》の新らしい光が雲を破り始める。物すさまじい朝焼けだ。過《あや》まって海に落ち込んだ悪魔が、肉付きのいい右の肩だけを波の上に現わしている、その肩のような雷電峠の絶巓《ぜってん》を撫でたり敲《たた》いたりして叢立《むらだ》ち急ぐ嵐雲は、炉に投げ入れられた紫のような光に燃えて、山懐《やまふとこ》ろの雪までも透明な藤色に染めてしまう。それにしても明け方のこの暖かい光の色に比べて、何んと云う寒い空の風だ。長い夜の為めに冷えきった地球は、今その一番冷たい呼吸を呼吸しているのだ。

　私は君を忘れてはならない。もう港を出離れて木の葉のように小さくなった船の中で、君は配縄《はいなわ》*の用意をしながら、恐ろしいまでに荘厳《そうごん》なこの日の序幕を眺めているのだ。君の父上は舵座に胡坐《あぐら》をかいて、時々晴雨計を見やりながら、変化の烈《はげ》しいその頃の天気模様を考えている。海の中から生れてきたような老漁夫の、皺《しわ》にたたまれた鋭い眼は、雲一片の徴《しるし》をさえ見落すまいと注意しながら、顔には木彫のような深い落付きを見せている。君の兄上は、凍って自由にならない手の平を腰のあたりの荒布に擦りつけて熱を呼び起しながら、帆綱を握って、風の向きと早さに応じて帆を立て直している。傭《やと》われた二人の漁夫は二人の漁夫で、二尋《ひろ》置きに本縄から下がった針に餌《えさ》をつけるのに忙《せ》わしい。海の上を見渡すと、港を出てからてんでんばらばらに散らばって、朝の光に白い帆をかがやかした船という船は、等しく沖を眼がけて波を切り開いて走りながら、君の船と同様な仕事にいそしんでいるのだ。

夜が明け離れると海風と陸風との変り目が来て、さすがに荒れがちな北国の冬の海の上も暫くは穏かになる。やがて瀬は達せられる。君等は水の色を一眼見たばかりで、海中に突き入った陸地と海そのものの界《さかい》とも云うべき瀬がどう走っているかを直ぐ見て取る事が出来る。

帆が下ろされる。勢いで走りつづける船足は、舵の為《た》めに右なり左なりに向け直される。同時に浮標《うき》の附いた配縄の一端が氷のような波の中にざぶんざぶんと投げこまれる。二十五町から三十町に余る長さを持った縄全体が、海上に長々と横たえられるまでには、朝早くから始めても、日が子午線*近く来るまでかからねばならないのだ。君等の船は艪《ろ》に操られて、横波を食《くら》いながらしぶしぶ進んで行く。ざぶり……ざぶり……寒気の為めに比重の高くなった海の水は、凍りかかった油のような重さで、物凄い印度藍《あい》の底の方に、雲間を漏れる日光で鈍く光る配縄の餌を呑《の》み込んで行く。

今まで花のような模様を描いて、海面の処々《ところどころ》に日光を恵んでいた空が、急にさっと薄曇ると、何処からともなく時雨《しぐれ》のような霰《あられ》が降って来て海面を泡立たす。船と船とは、見る見る薄い糊《のり》のような青白い膜に隔てられる。君の周囲には小さな白い粒が乾ききった音を立てて、慌《あわ》だしく船板を打つ。君は小賢《こざか》しい邪魔者から毛糸の襟巻《えりまき》で包んだ顔をそむけながら、配縄を丹念に下ろし続ける。

すっと空が明るくなる。霰は何処かへ行ってしまった。そして真蒼《まつさお》な海面に、漁船は蔭《かげ》になり日向《ひなた》になり、堅い輪廓を描いて、波にもまれながら淋しく漂っている。

機嫌《きげん》買いな天気は、一日の中に幾度となくこうした顔のしかめ方をする。そして日が西に廻るに従ってこの不機嫌は募って行くばかりだ。

寒暑をかまっていられない漁夫達も吹きざらしの寒さにはひるまずにはいられない。配縄を投げ終ると、身ぶるいしながら五人の男は、舵座におこされた焜炉《こんろ》の火の周りに慕い寄って、大きなお櫃《ひつ》から握り飯を鷲摑《わしづか》みに摑み出して喰い貪《むさぼ》る。港を出る時には一かたまりになっていた友船も、今は木の葉のように小さく互々からかけ隔って、心細い弱々しそうな姿を、涯《はて》もなく露領に続く海原のここかしこに漂わせている。三里の余も離れた陸地は高い山々の半腹から上だけを水の上に見せて、降り積んだ雪が、日を受けた所は銀のように、雲の蔭になった所は鉛のように、妙に険しい輪廓《りんかく》を描いている。

漁夫達は口を食物で頰張らせながら、昨日の漁の有様や、今日の予想やらをいかにも地味な口調で語り合っている。そういう時に君だけは自分が彼等の間に不思議な異邦人である事に気付く。同じ艪を操り、同じ帆綱をあつかいながら、何んという悲しい心の距《へだた》りだろう。押し潰《つぶ》してしまおうと幾度試みても、すぐ後からまくしかかって来る芸術に対する執着をどうすることも出来なかった。

とはいえ、飛行機の将校にすらなろうという人の少い世の中に、生きては人の冒険心をそそって如何《いか》にも雄々しい頼み甲斐《がい》ある男と見え、死んでは万人にその英雄的な最後を惜しみ仰がれ、遺族まで生活の保障を与えられる飛行将校にすらなろうという人の少い世の中に、荒れても晴れても、毎日々々、一命を投げてかかって、緊張しきった終日の労働に、玉の緒で炊《た》き上げたような飯を食って＊一生を過して行かねばならぬ漁夫の生活、それには聊《いささ》かも遊戯的な余裕がないだけに、命とかけがえの真実な仕事であるだけに、言葉には現わし得ない程尊さと厳粛さとを持っている。況《ま》してや彼等がこの目覚ましい健気《けなげ》な生活を、已《や》むを得ぬ、苦しい、然し当然な正しい生活として、誇りもなく、矯飾《きょうしょく》もなく、不平もなく、素直に受け取り、軛《くびき》にかかった輓牛《ひきうし》のような柔順な忍耐と覚悟とを以て、勇ましく迎え入れている、その姿を見ると、君は人間の運命のはかなさと美しさとに同時に胸をしめ上げられる。

こんな事を思うにつけて、君の心の眼にはまざまざと難破船の痛ましい光景が浮び出る。君はやはり舵座に坐って他の漁夫と同様に握り飯を食ってはいるが、何時《いつ》の間にか人々の会話からは遠のいて、物思わしげに黙りこくってしまう。そして果てしもなく回想の迷路を辿《たど》って歩く。

六

それは或る年の三月に、君が遭遇した苦い経験の一つだ。模範船からすぐ引き上げろと云う信号がかかったので、今までも気遣いながら仕事を続けていた漁船は、打ち込み打ち込む波濤《はとう》と戦いながら配縄をたくし上げにかかったけれども、吹き始めた暴風は一秒毎《ごと》に募るばかりで、船頭は已むなく配縄を切って捨てさせなければならなくなった。

「又はあ銭《ぜに》こ海さ捨てるだ」

と君の父上は心から歎息《たんそく》してつぶやきながら君に命じて配縄を切ってしまった。

海の上は唯《ただ》狂い暴れる風と雪と波ばかりだ。縦横に吹きまく風が、思いのままに海をひっぱたくので、つるし上げられるように高まった三角波が互に競って取っ組み合うと、取っ組み合っただけの波は忽《たちま》ち真白な泡の山に変じて、その巓《いただき》が風にちぎられながら、すさまじい勢いで目あてもなく倒れかかる。眼も向けられないような濃い雪の群れは、波を追ったり波から遁《のが》れたり、宛《さなが》ら風の怒りを挑む小悪魔のように、面憎《つらにく》く舞いながら右往左往に飛びはねる。吹き落して来た雪のちぎれは、大きな霧のかたまりになって、海とすれすれに波の上を矢よりも早く飛び過ぎて行く。

雪と浸水《あか》とで糊よりも滑る船板の上を君は這《は》うようにして舳《へさき》の方へにじり寄り、左の手に友綱の鉄環をしっかりと握って腰を据えながら、右手に磁石をかまえて、大声で船の進路を後ろに伝える。二人の漁夫は大竿《おおざお》を風上になった舷《げん》から一本突き出して、動かないように結びつける。船の顛覆《てんぷく》を少しなりとも防ごう為めだ。君の兄上は帆綱を握って、舵座にいる父上の合図通りに帆の上げ下げを誤るまいと一心になっている。そしてその間にもしっきりなしに打ち込む浸水を急がしく汲んでは舷から捨てている。命懸けに呼びかわす互々の声は妙に上ずって、風に半分がた消されながら、それでも五人の耳には物凄くも心強くも響いて来る。

「おも舵っ」

「右にかわすだってえば」

「右だ……右だぞっ」

「帆綱をしめろやっ」

「友船は見えねえかよう、いたらくっつけやーい」

どう吹こうと躊《ため》っていたような疾風《はやて》がやがてしっかり方向を定めると、これまで唯あてもなく立ち騒いでいたらしく見える三角波は、段々と丘陵のような紆濤《うねり》に変って行った。言葉通りに水平に吹雪く雪の中を、後ろの方から、見上げるような大きな水の堆積《たいせき》が、想像も及ばない早さでひた押しに押して来る。

「来たぞーっ」

緊張し切った五人の心は又更に恐ろしい緊張を加えた。眩《まぶ》しい程早かった船足が急によどんで、後ろに吸い寄せられて、艫《とも》が薄気味悪く持上って、船中に置かれた品物ががらがらと音をたてて前にのめり、人々も何かに取りついて腰のすわりを定めなおさなければならなくなった瞬間に、船は一と煽《あお》り煽って、物凄い不動から、奈落《ならく》の底までもと凄《すさま》じい勢で波の背を滑り下った。同時に耳に余る大きな音を立てて、紆濤は屏風《びょうぶ》倒しに倒れかえる。湧《わ》きかえるような泡の混乱の中に船を揉《も》まれながら行手を見ると、一旦《いったん》壊れた波はすぐ又物凄い丘陵に立ちかえって、眼の前の空を高くしきりながら、見る見る悪夢のように遠ざかって行く。

ほっと安堵《あんど》の気息《いき》をつく隙《ひま》も与えず、後ろを見れば又紆濤だ。水の山だ。その時、

「危ねえ」

「ぽきりっ」

と云うけたたましい声を同時に君は聞いた。そして同時に野獣の敏感さを以て身構えしながら後ろを振り向いた。根元から折れて横倒しに倒れかかる帆柱と、急に命を失ったように皺《しわ》になってたたまる帆布と、その蔭から、飛び出しそうに眼をむ

いて、大きく口を開けた君の兄上の顔とが映った。

君は咄嗟《とっさ》に身をかわして、頭から打ってかかろうとする帆柱から身をかばった。人々は騒ぎ立って艪を構えようとひしめいた。けれども無二無三な船足の動揺には打ち勝てなかった。帆の自由である限りは金輪際《こんりんざい》船を顚覆《てんぷく》させないだけの自信を持った人達も、帆を奪い取られては途方に暮れないではいられなかった。船足のとまった船ではもう舵も利《き》かない。船は波の動揺のままに勝手放題に荒れ狂った。

第一の紆濤《うねり》、第二の紆濤、第三の紆濤には天運が船を顚覆から庇《かば》ってくれた。しかし特別に大きな第四の紆濤を見た時、船中の人々は観念しなければならなかった。

雪の為めに薄くぼかされた真黒な大きな山、その頂からは、火が燃え立つように、ちらりちらり白い波頭が立っては消え、消えては立ちして、瞬間毎に高さを増して行った。吹き荒れる風すらがその為めに遮《さえぎ》りとめられて、船の周囲には気味の悪い静かさが満ち拡《ひろ》がった。それを見るにつけても波の反対の側をひた押しに押す風の激しさ強さが思いやられた。艫を波の方へ向ける事も得しないで、力なく漂う船の前まで来ると、波の山は、いきなり、獲物《えもの》に襲いかかる猛獣のように思いきり背延びをした。と思うと、波頭は吹きつける風に反りを打って鞺《どう》と崩れこんだ。

はっと思ったその時遅く、君等はもう真白な泡に五体を引きちぎられる程もまれながら、船底を上にして顚覆した船体にしがみ付こうと藻搔《もが》いていた。見ると君の眼の届く所には、君の兄上が頭からずぶ濡《ぬ》れになって、ぬるぬると手がかりのない舷に手をあてがっては滑り、手をあてがっては滑りしていた。君は大声を揚げて何か云った。兄上も大声を揚げて何か云ってるらしかった。然しお互に大きな口を開くのが見えるだけで、声は少しも聞こえて来ない。

割合に小さな波が後から後から押し寄せて来て、船を揺り上げたり押し卸したりした。その度毎《たびごと》に君達は船との縁を絶たれて、水の中に漂わねばならなかった。そして君は、着込んだ厚衣《あつし》の芯《しん》まで水が透《とお》って鉄のように重いのにもかかわらず、一心不乱に動かす手足と同じ程の忙《せ》わしさで、眼と鼻位の近さに押し逼《せま》った死から遁れ出る道を考えた。心の上澄みは妙におどおどとあわてている割合に、心の底は不思議に気味悪く落ちついていた。それは君自身にすら物凄《ものすご》い程だった。空と云い、海と云い、船と云い、君の思案と云い、一つとして眼あてなく動揺しないものはない中に、君の心の底だけが悪落付きに落付いて、「死にはしないぞ」とちゃんと決め込んでいるのが却《かえ》って薄気味悪かった。それは「死ぬのがいやだ」「生きていたい」「生きる余席の有る限りはどうあっても生きなければならぬ」「死にはしないぞ」という本能の論理的結論であったのだ。この恐ろしい盲目な生の事実が、そしてその結論だけが、眼を見据えたように、君の心の底に落付き払っていたのだった。

君はこの物凄い無気味な衝動に駆り立てられながら、水船*なりにも顚覆した船を裏返す努力に力を尽した。残る四人の心も君と変りはないとみえて、険しい困苦と戦いながら、四人とも君のいる舷の方へ集まって来た。そして申し合わしたように、一緒に力を合せて、船の胴腹に這い上るようにしたので、船は一方にかしぎ始めた。

「それ今一と息だぞっ」

君の父上が搾《しぼ》りきった生命を声にしたように叫んだ。一同は又懸命な力を籠《こ》めた。

折りよく――全く折りよく、天運だ――その時船の横面に大きな波が浴びせこんで来たので、片方だけに人の重りの加わった船はくるりと裏返った。舷までひたひたと水に埋もれながらもとにかく船は真向になって水の面に浮び出た。船が裏返る拍子に五人は五人ながら、すっぽりと氷のような海の中にもぐり込みながら、急に勢いづいて船の上に飛び上ろうとした。然《しか》ししこたま着込んだ衣服は思うざま濡れ透っていて、動《やや》ともすれば人々を波の中に吸い込もうとした。それが一方の舷に取りついて力を籠めれば又顚覆するにきまっている。生死の瀬戸際《せとぎわ》にはまり込んでいる人々の本能は恐ろしい程敏捷《びんしょう》な働きをする。五人の中の二人は咄嗟に反対の舷に乗り廻った。そして互に顔を見合せながら、一度にやっと声をかけ合せて半身を舷に乗り上げた。足の方を船底に吸い寄せられながらも、半身を水から救い出した人々の顔に現われた何んとも云えない緊張した表情――それを君は忘れる事が出来ない。次の瞬間にはわっと声をあげて男泣きに泣くか、それとも我れを忘れて狂うように笑うか、どちらかをしそうな表情――それを君は忘れる事が出来ない。

凡《すべ》てこうした懸命な努力は、降りしきる雪と、荒れ狂う水と、海面をこすって飛ぶ雲とで表わされる自然の憤怒《ふんぬ》の中で行われたのだ。怒った自然の前には、人間は塵《ちり》一とひらにも及ばない。人間などと云う存在は全く無視されている。それにも係《かかわ》らず君達は頑固に自分達の存在を主張した。雪も風も波も君達を考えにいれてはいないのに、君達は強《し》いてもそれらに君達を考えさせようとした。

舷を乗り越して奔馬のような波頭がつぎつぎにすり抜けて行く。それに腰まで浸しながら、君達は船の中に取り残された得物を何んでも構わず取り上げて、それを働かしながら、死から遁るべき一路を切り開こうとした。或る者は艪を拾いあてた。

或るものは船板を、或るものは水柄杓《びしやく》を、或るものは長いたわしの柄を、何ものにも換えがたい武器のようにしっかり握っていた。そして舷から身を乗り出して、子供がするように、水を漕《こ》いだり、浸水《あか》をかき出したりした。

吹き落ちる気配も見えない嵐は、果てもなく海上を吹きまくる。眼に見える限りはただ波頭ばかりだ。犬のような敏捷《すばや》さで方角を嗅《か》ぎ慣れている漁夫達も、今は東西の定めようがない。東西南北は一つの鉢の中で擦りまぜたように渾沌《こんとん》としてしまった。

薄い暗黒。天からともなく地からともなく湧き起る大叫喚。外には何んにもない。「死にはしないぞ」――そんなはめになってからも、君の心の底は妙に落ち着いて、薄気味悪くこの一事を思いつづけた。

君の傍には一人の若い漁夫がいたが、その右の顳顬《こめかみ》の辺から生々しい色の血が幾《いく》条《すじ》にもなって流れていた。それだけがはっきり君の眼に映った。「死にはしないぞ」――それを見るにつけても、君はまたしみじみとそう思った。

こう云う必死な努力が何分続いたのか、何時間続いたのか、時間というもののすっかり無くなってしまったこの世界では少しも分らない。然しながらとにかく君が何物も納れ得《い》ない心の中に、疲労という感じを覚え出して、これは困った事になったと思った頃だった、突然一人の漁夫が意味の分らない言葉を大きな声で叫んだのは。今まででも五人が五人ながら始終何か互に叫び続けていたのだったが、この叫び声は不思議に際立って皆んなの耳に響いた。

残る四人は思わず云い合わせたようにその漁夫の方を向いて、その漁夫が眼をつけている方へ視線を辿《たど》って行った。

船！……船！

濃い吹雪の幕のあなたに、さだかには見えないが、波の背《そびら》に乗って四十五度位の角度に船首を下に向けながら、帆を一ぱいに開いて、矢よりも早く走って行く一艘《そう》の船！

それを見ると何かが君の胸をどきんと下からつき上げて来た。君は思わずすすり泣きでもしたいような心持になった。何はさて措《お》いても君達はその船を目懸けて助けを求めながら近寄って行かねばならぬ筈《はず》だった。余の人達も君と同様、確かに何物かを目の前に認めたらしく、奇怪な叫び声を立てた漁夫が、眼を大きく開いて見つめている辺を等しく見つめていた。その癖一人として自分等の船をそっちの方へ向けようとしているらしい者はなかった。それを訝《いぶ》かる君自身すら、心が唯《ただ》わくわくと感傷的になりまさるばかりで、急いで働かすべき手は却って萎《な》えてしまっていた。

白い帆を一ぱいに開いたその船は、依然として船首を下に向けたまま、矢のように走って行く。降りしきる吹雪を隔てた事だから、乗組の人の数もはっきりとは見えないし、水の上に割合に高く現われている船の胴も、木の色というよりは白堊《はくあ》のような生白さに見えていた。そして不思議な事には、波の腹に乗っても波の背に乗っても、舳《へさき》は依然として下に向いたままである。風の強弱に応じて帆を上げ下げする様子もない。いつまでも眼の前に見えながら、四十五度位に船首を下向きにしたまま、矢よりも早く走って行く。

ぎょっとして気が付くと、その船はいつの間にか水から離れていた。波頭から三段も上と思われる辺を船は傾《かし》いだまま矢よりも早く走っている。君の頭はかーんとして竦《すく》み上ってしまった。同時に船は段々大きくぼやけて行った。何時《いつ》の間にかその胴体は消えてなくなって、唯真白い帆だけが矢よりも早く動いて行くのが見やられるばかりだ。と思う間もなくその白い大きな帆さえが、降りしきる雪の中に薄れて行って、やがてはかき消すように見えなくなってしまった。

怒濤《どとう》。白沫《はくまつ》。さつさつと降りしきる雪。眼をかすめて飛び交わす雲の霧。自然の大叫喚……その真中心《まっただなか》に頼りなく揉《も》みさいなまれる君達の小さな水船……やっぱりそれだけだった。

生死の間にさまよって、疲れながらも緊張しきった神経に起る幻覚《ハルシネーション》だったのだと気が付くと、君は急に一種の薄気味悪さを感じて、力を一度にもぎ取られるように思った。

先程奇怪な叫び声を立てたその若い漁夫は、やがて眠るようにおとなしく気を失って、ひょろひょろとよろめくと見る間に、崩れるように胴の間にぶっ倒れてしまった。

漁夫達は何か魔でもさしたように思わず極度の不安を眼に現わして互に顔を見合せた。

「死にはしないぞ」

不思議な事にはそのぶっ倒れた男を見るにつけて、又漁夫達の不安げな容子を見るにつけて、君は懲《こ》りずまに薄気味悪くそう思いつづけた。

君達がほんとうに一艘の友船と出喰わしたまでには、どれ程の時間が経《た》っていたろう。然しとにかく運命は君達には無関心ではなかったとみえる。急に十倍も力を回復したように見えた漁夫達が、必死になって君達の船とその船とを繋《つな》ぎ合わせ、半分がた凍ってしまった帆を形ばかりに張り上げて、風の追うままに船を走らせた時には、何んとも云えない幸福な感謝の心が、抑えても抑えてもむらむらと胸の先きにこみ上げて来た。

着く処に着いてから思い存分の手当をするから暫《しばら》く我慢してくれと心の中に詫《わ》びるように云いながら、君は若い漁夫を卒倒したまま胴の間の片隅に抱きよせて、すぐ自分の仕事にかかった。

やがて行手の波の上にぼんやりと雷電峠の突角が現われ出した。山脚は海の中に、山頂は雲の中に、山腹は雪の中に揉みに揉まれながら、決して動かないものが始めて君達の前に現われたのだ。それを見付けた時の漁夫達の心の勇み……魚が水に遇《あ》ったような、野獣が山に放たれたような、太陽が西を見付け出したようなその喜び……船の中の人達は思わず足爪立てんばかりに総立ちになった。人々の心までが総立ちになった。

「峠が見えたぞ……北に取れや舵《かじ》を……隠れ岩さ乗り上げんな……雪崩《なだれ》にも打たせんなよう……」

そう云う声がてんでんに人々の口から喚《わめ》かれた。それにしても船はひどく流されていたものだ。雷電峠から五里も離れた瀬にいたものが、何時の間にかこんな処《ところ》に来ているのだ。見る見る風と波とに押しやられて船は吸い付けられるように、吹雪の間から真黒に天までそそり立つ断崖《だんがい》に近寄って行くのを、漁夫達はそうはさせまいと、帆をたて直し、艪《ろ》を押して、横波を喰わせながら船を北へと向けて行った。

陸地に近づくと波はなお怒る。鬣《たてがみ》を風に靡《なび》かして暴れる野馬のように、波頭は波の穂になり、波の穂は飛沫《ひまつ》になり、飛沫はしぶきになり、しぶきは霧になり、霧はまた真白い波になって、息もつかせず後から後からと山裾《やますそ》に襲いかかって行く。山裾の岩壁に打ちつけた波は、煮えくりかえった熱湯をぶちつけたように、湯気のような白沫を五丈も六丈も高く飛ばして、反りを打ちながら海の中にどっと崩れ込む。その猛烈な力を感じてか、断崖の出鼻に降り積って、徐々に斜面を辷《すべ》り下って来ていた積雪が、地面との縁《えん》から離れて、すさまじい地響と共に、何百丈の高さから一気になだれ落ちる。巓《いただき》を離れた時には一握りの銀末に過ぎない。それが見る見る大きさを増して、隕星《いんせい》のように白い尾を長く引きながら、音も立てずに驀地《まっしぐら》に落して来る。あなやと思う間にそれは何十里にもわたる水晶の大簾《すだれ》だ。ど、ど、どどしーん……さあーっ……。広い海面が眼の前で真白な平野になる。山のような五百重《いお》《え》の大波は忽《たちま》ち逐《お》い退けられて漣《さざなみ》一つ立たない。どっとそこを目懸けて狂風が四方から吹き起る……その物すさまじさ。

君達の船は悪鬼に逐い迫られたようにおびえながら、懸命に東北へと舵を取る。磁石のような陸地の吸引力からようよう自由になる事の出来た船は、また揺れ動く波の山と戦わねばならぬ。

それでも岩内の港が波の間に隠れたり見えたりし始めると、漁夫達の力は急に五倍にも十倍にもなった。今までの人数の二倍も乗っているように船は動いた。岸から打ち上げる目標の烽火《のろし》が紫だって暗黒な空の中でぱっと弾《はじ》けると、鬖々《さんさん》として火花を散らしながら闇《やみ》の中に消えて行く。それを目懸けて漁夫達は有る限りの艪を黙ったままでひた漕ぎに漕いだ。その不思議な沈黙が、互に呼び交わす惨《むごた》らしい叫び声よりも却《かえ》って力強く人々の胸に響いた。

船が波の上に乗った時には、波打際に集まって何か騒ぎ立てている群衆が見やられるまでになった。やがて嵐の間にも大砲のような音が船まで聞えて来た。と思うと救助縄が空をかける蛇のように曲りくねりながら、船から二三段距《へだ》たった水の中にざぶりと落ちた。漁夫達はその方へ船を向けようとひしめいた。第二の爆声が聞えた。縄は過《あやま》たず船に届いた。

二三人の漁夫がよろけ転びながらその縄の方へ駈け寄った。音は聞えずに烽火の火花は間を置いて怪火のように遥《はる》かの空にぱっと咲いてはすぐ散って行く。

船は縄に引かれてぐんぐん陸の方へ近寄って行く。水底が浅くなった為めに無二無三に乱れ立ち騒ぐ波濤の中を、互にしっかりしがみ合った二艘の船は、半分がた水の中を潜《くぐ》りながら、半死の有様で進んで行った。

君は始めて気が付いたように年老いた君の父上の方を振り返って見た。父上は膝《ひざ》から下を水に浸して舵座に坐ったまま、じっと君を見詰めていた。今まで絶えず君と君の兄上とを見詰めていたのだ。そう思うと君は何んとも云えない骨肉の愛着にきびしく捕えられてしまった。君の眼には不覚にも熱い涙が浮んで来た。君の父上はそれを見た。

「あなたが助かってよござんした」

「お前が助かってよかった」

両人の眼には咄嗟《とっさ》の間にも互に親しみを籠《こ》めてこう云い合った。そしてこの嬉《うれ》しい言葉を語る眼から互々の眼は離れようとしなかった。そうしたままで暫く過ぎた。

君は満足しきって又働き始めた。もう眼の前には岩内の町が、汚く貧しいながらに、君に取ってはなつかしい岩内の町が、新しく生れ出たままのように立ち列《つらな》っていた。水難救済会の制服を着た人達が、右往左往に駈《か》け廻る有様もまざまざと眼に映った。

何んとも云えない勇ましい新しい力――上潮《あげしお》のように、腹のどん底からむらむらと湧き出して来る新しい力を感じて、君は「さあ来い」と云わんばかりに、艪をひしげる程押し摑《つか》んだ。そして矢声をかけながら漕ぎ始めた。涙が後から後からと君の頰を伝って流れた。

唖《おし》のように今まで黙っていた外の漁夫達の口からも、やにわに勇ましい懸声が溢《あふ》れ出て、君の声に応じた。艪は梭《ひ》のように波を切り破って激しく働いた。

岸の人達が呼びおこす声が君達の耳にも這入《はい》るまでになった。と思うと君は段々夢の中に引込まれるようなぼんやりした感じに襲われて来た。

君はもう一度君の父上の方を見た。父上は舵座に坐っている。然しその姿は前のように君に何等の逼《せま》った感じを牽《ひ》き起させなかった。

やがて、船底にじゃりじゃりと砂の触れる音が伝わった。船は滞りなく君が生れ君が育てられたその土の上に引き上げられた。

「死にはしなかったぞ」

と君は思った。同時に君の眼の前は見る見る真暗になった。……君はその後を知らない。

七

君は漁夫達と膝をならべて、同じ握り飯を口に運びながら、心だけはまるで異邦人のように距たってこんなことを想《おも》い出す。何んと云う真剣なそして険しい漁夫の生活だろう。人間と云うものは、生きる為めには、厭《いや》でも死の側《そば》近くまで行かなければならないのだ。謂《い》わば捨身になって、こっちから死に近づいて、死の油断を見すまして、かっぱらいのように生の一片をひったくって逃げて来なければならないのだ。死は知らんふりをしてそれを見やっている。人間は奪い取って来た生をたしなみながらしゃぶるけれども、程なくその生はまた尽きて行く。そうすると又死の眼の色を見すまして、死の方に偸《ぬす》み足で近寄って行く。ある者は死が余り無頓着《むとんじゃく》そうに見えるので、つい気を許して少し大胆に高慢に振舞おうとする。と鬼一口だ。もうその人は地の上にはいない。ある者は年と共に意気地がなくなって行って、死の姿がいよいよ恐ろしく眼に映り始める。そしてそれに近寄る冒険を躊躇《ちゅうちょ》する。そうすると死はやおら物憂《ものう》げな腰を上げて、そろそろとその人に近寄って来る。ガラガラ蛇に見こまれた小鳥のように、その人は逃げも得しないですくんでしまう。次ぎの瞬間にその人はもう地の上にはいない。人の生きて行く姿はそんな風にも思いなされる。実にはかないとも何んとも云いようがない。その中にも漁夫の生活の激しさは格別だ。彼等は死に対して喧嘩《けんか》をしかけんばかりの切羽つまった心持で出懸けて行く。陸の上では何んと云っても偽善も弥縫《びほう》も或る程度までは通用する。ある意味では必要であるとさえも考えられる。海の上ではそんな事は薬の足しにしたくもない。真裸な実力と天運ばかりが凡《すべ》ての漁夫の頼みどころだ。その生活はほんとに悲壮だ。彼等がそれを意識せず、生きると云う事は凡てこうしたものだと諦《あきら》めをつけて、疑いもせず、不平も云わず、自分の為めに、自分の養わなければならない親や妻や子の為めに、毎日々々板子一枚の下は地獄*のような境界に身を放《な》げ出して、せっせと骨身を惜しまず働く姿はほんとうに悲壮だ。そして惨《みじ》めだ。何んだって人間と云うものはこんなしがない苦労をして生きて行かなければならないのだろう。

世の中には、殊《こと》に君が少年時代を過ごした都会という所には、毎日々々安逸な生を食傷する程貪《むさぼ》って一生夢のように送っている人もある。都会とは云うまい。段々とさびれて行くこの岩内の小さな町にも、二三百万円の富を祖先から受け嗣《つ》いで、小樽には立派な別宅を構えてそこに妾《めかけ》を住わせ、自分は東京の或る高等な学校をともかくも卒業して、話でもさせればそんなに愚鈍にも見えない癖に、一年中これと云ってする仕事もなく、退屈をまぎらす為めの行楽に身を任せて、それでも使いきれない精力の余剰を、富者の贅沢《ぜいたく》の一つである癇癪《かんしゃく》に漏らしているのがある。君はその男をよく知っている。小学校時代には教室まで一つだったのだ。それが十年かそこらの年月の間に、二人の生活は恐ろしく懸け隔たってしまったのだ。君はそんな人達を一度でも羨《うらや》ましいと思った事はない。その人達の生活の内容の空《むな》しさを想像する十分の力を君は持っている。そして彼等が彼等の導くような生活をするのは道理があると合点がゆく。金があって才能が平凡だったら勢いああして僅《わず》かに生の倦怠《けんたい》から遁《のが》れる外はあるまいと密《ひそ》かに同情さえされぬではない。その人達が生に飽満して暮すのはそれでいい。然し君の周囲にいる人達が何故《なぜ》あんな恐ろしい生死の境の中に生きる事を僥倖《ぎょうこう》しなければならない運命にあるのだろう。何故彼等はそんな境遇――死ぬ瞬間まで一分の隙《すき》を見せずに身構えていなければならないような境遇にいながら、何故生きようとしなければならないのだろう。これは君に不思議な謎《なぞ》のような心地を起させる。ほんとうに生は死よりも不思議だ。

その人達は他人眼《よそめ》にはどうしても不幸な人達と云わなければならない。然し君自身の不幸に比べてみると、遥かに幸福だと君は思い入るのだ。彼等にはとにかくそう云う生活をする事がそのまま生きる事なのだ。彼等は綺麗《きれい》さっぱりと諦めをつけて、そういう生活の中に頭からはまり込んでいる。少しも疑ってはいない。それなのに君は絶えずいらいらして、目前の生活を疑い、それに安住する事が出来ないでいる。君は喜んで君の両親の為めに、君の家の苦しい生活の為めに、君の巌丈《がんじょう》な力強い肉体と精力とを提供している。君の父上の仮初《かりそ》めの風邪が癒《なお》って、暫《しばら》くぶりで一緒に漁に出て、夕方になって家に帰って来てから、一家が睦《むつ》まじくちゃぶ台のまわりを囲んで、暗い五燭《しょく》の電燈の下で箸《はし》を取り上げる時、父上が珍らしく木彫のような固い顔に微笑を湛《たた》えて、

「今夜ははあおまんまが甘《うめ》えぞ」

と云って、飯茶碗《ぢゃわん》を一寸《ちょつと》押しいただくように眼八分に持ち上げるのを見る時なぞは、君は何んと云っても心から幸福を感ぜずにはいられない。君は目前の生活を決して悔んでいる訳ではないのだ。それにも係《かかわ》らず、君は何かにつけてすぐ暗い心になってしまう。

「画《え》が描きたい」

君は寝ても起きても祈りのようにこの一つの望みを胸の奥深く大事にかき抱いているのだ。その望みをふり捨てて仕舞える事なら世の中は簡単なのだ。

恋——互に思い合った恋と云ってもこれ程の執着はあり得まいと君自身の心を憐《あわ》れみ悲しみながらつくづくと思う事がある。君の厚い胸の奥からは深い溜息《ためいき》が漏れる。

雨の日などに土間に坐りこんで、兄上や妹さんなぞと一緒に、配縄の繕いをした

りしていると、どうかした拍子に皆んなが仕事に夢中になって、睦まじく交わしていた世間話すら途絶えさして、黙りこんで手先ばかりを忙《せ》わしく働かすような時がある。こういう瞬間に、君は我れにもなく手を休めて、茫然《ぼうぜん》と夢でも見るように、君の見て置いた山の景色を思い出している事がある。この山とあの山との距りの感じは、界《さかい》の線をこう云う曲線で力強く描きさえすれば、きっといいに違いない、そんな事を一心に思い込んでしまう。そして鋏《はさみ》を持った手の先きで、自然《ひとりで》に、想像した曲線を膝の上に幾度も描いては消し、描いては消ししている。

又ある時は沖に出て配縄《はいなわ》をたぐり上げる大事な忙わしい時に、君は板子の上に坐って、二本ならべて立てられたビール瓶の間から縄をたぐり込んで、釣りあげられた明鯛《すけそう》が瓶にせかれる為《た》めに、針の縁《えん》を離れて胴の間にぴちぴち跳ねながら落ちて行くのをじっと見やっている。そしてクリムソンレーキ*を水に薄く溶かしたよりもっと鮮明な光を持った鱗《うろこ》の色に吸いつけられて、思わずぼんやりと手の働きをやめてしまう。

これらの場合はっと我れに返った瞬間ほど君を惨めにするものはない。居睡《いねむ》りしたのを見付けられでもしたように、君はきょとんと恥かしそうにあたりを見廻してみる。ある時は兄上や妹さんが、暗まって行く夕方の光に、なお気ぜわしく眼を縄によせて、せっせとほつれを解いたり、切れ目をつないだりしている。ある時は漁夫達が、寒さに手を海老《えび》のように赤くへし曲げながら、息せき切って配縄をたくし上げている。君は子供のように思わず耳許《もと》まで赤面する。

「何んというだらしのない二重生活だ。俺《おれ》は一体俺に与えられた運命の生活に男らしく服従する覚悟でいるんじゃないか。それだのにまだ小っぽけな才能に未練を残して、柄にもない野心を捨てかねているとみえる。俺はどっちの生活にも真剣にはなれないのだ。俺の画に対する熱心だけから云うと、画かきになるためには十分過ぎる程なのだが、それだけの才能があるかどうかと云う事になると判断のしようが無くなる。勿論《もちろん》俺に画の描き方を教えてくれた人もなければ、俺の画を見てくれる人もない。岩内の町でのたった一人の話相手のＫは、俺の画を見る度毎《たびごと》に感心してくれる。そしてどんな苦しみを経ても画かきになれと勧めてくれる。然《しか》しＫは第一俺の友達だし、第二に画が俺以上に判《わか》るとは思われぬ。Ｋの言葉は何時《いつ》でも俺を励まし鞭《むちう》ってくれる。然し俺は何時でもその後に、自惚《うぬぼ》れさせられているのではないかという疑いを持たずにはいない。どうすればこの二重生活を突き抜ける事が出来るのだろう。生れから云っても、今までの運命から云っても、俺は漁夫で一生を終えるのが相当しているらしい。Kもあの気むずかしい父の下で調剤師で一生を送る決心を悲しくもしてしまったらしい。俺から見るとKこそは立派な文学者になれそうな男だけれども、Kは誇張なく自分の運命を諦めている。悲しくも諦めている。待てよ、悲しいと云うのはほんとうはKの事ではない。そう思っている俺自身の事だ。俺はほんとうに悲しい男だ。親父にも済まない。兄や妹にも済まない。この一生をどんな風に過したら俺はほんとうに俺らしい生き方が出来るのだろう」

そこに居ならんだ漁夫達の間に、どっしりと男らしい巌丈な胡坐《あぐら》を組みながら、君は彼等とは全く異邦人のような淋《さび》しい心持になってこんなことを思いつづける。

やがて漁夫達はそこらを片付けてやおら立ち上ると、胴の間に降り積んだ雪を摘まんで、手の平で擦り合せて、指に粘りついた飯粒を落した。そして配縄の引き上げにかかった。

西に舂《うすづ》き出すと＊日脚はどんどん歩みを早める。おまけに上の方からたるみなく吹き落して来る風に、海面は妙に弾力を持った凪《な》ぎ方をして、その上を霰《あられ》まじりの粉雪がさーっと来ては過ぎ、過ぎては来る。君達は手袋を脱ぎ去った手を真赤にしながら、氷点以下の水でぐっしょり濡《ぬ》れた配縄をその一端からたぐり上げ始める。三間四間置き位に、眼の下二尺もあるような鱈《たら》がぴちぴち跳ねながら引き上げられて来る。

三十町に余る位な配縄を全然《すっかり》たくしこんでしまう頃には、海の上は少し墨汁を加えた牛乳のようにぼんやり暮れ残って、そこらに眺めやられる漁船の或るものは、帆を張り上げて港を目指していたり、或るものは淋しい掛け声をなお海の上に響かせて、忙わしく配縄を上げているのもある。夕暮れに海上に点々と浮んだ小船を見渡すのは悲しいものだ。そこには人間の生活がそのはかない末梢《まっしょう》を淋しくさらしているのだ。

君達の船は、海風が凪ぎて陸風に変らない中にと帆を立てて、艪《ろ》を押して陸地を目懸ける。晴れては曇る雪時雨《しぐれ》の間に、岩内の後ろに聳《そび》える山々が、高いのから先きに、水平線上に現われ出る。船歌を唄いつれながら、漁夫達は見慣れた山々の頂きを繋《つな》ぎ合せて、港のありかをそれと朧《おぼろ》げながら見定める。そこには妻や母や娘等が、寒い浜風に吹きさらされながら、噂《うわさ》取りどりに汀《みぎわ》に立って君達の帰りを待ち侘《わ》びているのだ。

これも牛乳のような色の寒い夕靄《ゆうもや》に包まれた雷電峠の突角がいかつく大きく見え出すと、防波堤の突先さにある燈台の灯が明滅して船路を照らし始める。毎日の事ではあるけれども、それを見ると、君と云わず人々の胸の中には、今日も先《ま》ず命は無事だったという底深い喜びがひとりでに湧《わ》き出して来て、陸に対する不思議なノスタルジヤが感ぜられる。漁夫達の船歌は一段と勇ましくなって、君の父上は船の艫に漁獲を知らせる旗を揚げる。その旗がばたばたと風に煽《あお》られて音を立てる――その音がいい。

段々間近になった岩内の町は、黄色い街燈の灯の外には、まだ燈火もともさずに黒く淋しく横たわっている。雪のむら消えた砂浜には、今朝と同様に女達が彼処《かしこ》此処《こ》にいくつかの固い群れになって、石ころのようにこちんと立っている。白波がかすかな潮の香と音とをたてて、その足許に行っては消え、行っては消えするのが見え渡る。

帆が卸ろされた。船は海岸近くの波に激しく動揺しながら、艫を海岸の方に向けかえて段々と汀に近寄って行く。海産物会社の印袢天《しるしばんてん》を着たり、犬の皮か何かを裏につけた外套《がいとう》を深々と羽織ったりした男達が、右往左往に走りまわるその辺を目がけて、君の兄上が手慣れたさばきでさっと艫綱《ともづな》を投げると、それがすぐ幾十人もの男女の手で引っ張られる。船は頻《しき》りと上下する舳《へさき》に波のしぶきを喰いながら、どんどん砂浜に近寄って、やがて疲れきった魚のように黒く横たわって動かなくなる。

漁夫達は艪や舵《かじ》や帆の始末を簡単にしてしまうと、舷《げん》を伝わって陸に跳り上がる。海産物製造会社の人夫達は、漁夫達と入れ替《かわ》って、船の中に猿のように飛び込んで行く。そしてまだ死にきらない鱈の尾をつかんで、礫《つぶて》のように砂の上に抛《ほう》り出す。浜に待ち構えている男達は、眼にもとまらない早業《はやわざ》で数を数えながら、魚を畚《もっこ》の中にたたき込む。漁夫達は吉例のように会社の数取人《かずとりにん》に対して何かと故障を云いたててわめく。一日ひっそりかんとしていた浜も、この暫くの間だけは、さすがに賑《にぎ》やかな気分になる。景気にまき込まれて、女達の或る者まで男と一緒になって喧嘩《けんか》腰に物を云いつのる。

然しこの華々しい賑《にぎわ》いも長い間ではない。命をなげ出さんばかりの険しい一日の労働の結果は、僅か十数分の間で多愛《たわい》もなく会社の人達に処分されてしまうのだ。君が君の妹を女達の群れの中から見付け出して、忙わしく眼を見交わし、言葉を交わす暇もなく、浜の上には乱暴に踏み荒らされた砂と、海藻《かいそう》と小魚とが砂まみれになって残っているばかりだ。そして会社の人夫達は後をも見ずに又他の漁船の方へ走って行く。

こうして岩内中の漁夫達が一生懸命に捕獲して来た魚は瞬《またた》く中にさらわれてしまって、墨のように煙突から煙を吐く怪物のような会社の製造所へと運ばれて行く。

夕焼けもなく日はとっぷりと暮れて、雪は紫に、灯は光なくただ赤くばかり見える初夜になる。君達は今朝の通りに幾かたまりかの黒い影になって、疲れきった五体を銘々の家路に運んで行く。寒気の為めに五臓まで締めつけられたような君達は口をきくのさえ物惰《ものう》くて出来ない。女達がはしゃいだ調子で、その日の中に陸の上で起った色々な出来事——色々な出来事と云っても、際立《きわだ》って珍らしい事や面白い事は一つもない——を話し立てるのを、ぶっつり押し黙ったままで聞きながら歩く。然しそれが何んという快さだろう。

然し君の家が近くなるにつれて妙に君の心を脅かし始めるものがある。それは近年引続いて君の家に起った種々な不幸がさせる業だ。長病《ながわずら》いの後に良人《おっと》に先立った君の母上に始まって、君の家族の周囲には妙に死というものが執念《しゅうね》くつき纏《まつ》わっているように見えた。君の兄上の初生児も取られていた。汗水が凝り固まって出来たような銀行の貯金は、その銀行が不景気のあおりを食って破産した為めに、水の泡になってしまった。命とかけがえの漁場が、間違った防波堤の設計の為めに、全然役に立たなくなったのは前にも云った通りだ。耐え性《こらしょう》のない人々の寄り集まりなら、身代が朽木《くちき》のようにがっくりと折れ倒れるのはありがちと云わなければならない。唯《ただ》君の家では父上と云い、兄上と云い、根性骨の強い正直な人達だったので、凡《すべ》ての激しい運命を真正面から受取って、骨身を惜しまず働いていたから、曲ったなりにも今日々々を事欠かずに過しているのだ。然し君の家を襲ったような運命の圧迫はそこいら中に起っていた。軒を並べて住みなしていると、どこの家にもそれ相当な生計が立てられているようだけれども、一軒々々に立ち入ってみると、この頃の岩内の町には鼻を酸《す》くしなければならないような事がそこいら中にまくしあがっていた。ある家は眼に立って零落していた。嵐に吹きちぎられた屋根板が、いつまでもそのままで雨の漏れるに任せた所も尠《すくな》くない。眼鼻立ちの揃《そろ》った年頃の娘が、嫁入ったという噂もなく姿を消してしまう家*もあった。立派に家框《いえがまち》が立ち直ったと思うとその家は代が替ったりしていた。そろそろと地の中に引きこまれて行くような薄気味の悪い零落の兆候が町全体に何処《どこ》となく漂っているのだ。

人々は暗々裡《り》にそれに脅かされている。何時どんな事がまくし上るかも知れない——そういう不安は絶えず君達の心を重苦しく押しつけた。家から火事を出すとか、家から出さないまでも類焼の災難に遇《あ》うとか、持船が沈んでしまうとか、働き盛りの兄上が死病に取りつかれるとか、鰊《にしん》の群来《くき》がすっかり外《はず》れるとか、ワク船*が流されるとか、色々に想像されるこれ等の不幸の一つだけに出喰わしても、君の家に取っては、足腰の立たない打撃となるのだ。疲れた五体を家路に運びながら、そして馬鹿に建物の大きな割合に、それにふさわない暗い灯でそこと知られる柾葺《あさぶ》きの君の生れた家屋を眼の前に見やりながら、君の心は運命に対する疑いの為めに妙におくれ勝ちになる。

それでも閾《しきい》を跨《また》ぐと土間の隅の竈《かまど》には火が暖かい光を放って水飴《みずあめ》のように軟かく撓《しな》いながら燃えている。どこからどこまで真黒に煤《すす》けながら、だだっ広い囲炉裡《いろり》の間《ま》はきちんと片付けてあって、居心よさそうにしつらえてある。嫂《あによめ》や妹の心づくしを君はすぐ感じてうれしく思いながら、持って帰った漁具——寒さの為めに凍り果てて、触れ合えば石のように音を立てる——をそれぞれの処に始末すると、これもからからと音を立てる程凍り果てた仕事着を一枚々々脱いで、竈のあたりに懸けつられて、不断着に着かえる。一日の寒気に凍えきった肉体はすぐ熱を吹き出して、顔などはのぼせ上る程ぽかぽかして来る。不断着の軽い暖かさ、一椀《わん》の熱湯の味のよさ。

小気味のよい程したたか夕餉《ゆうげ》を食った漁夫達が、

「親方さんお休み」

と挨拶《あいさつ》してぞろぞろ出て行った後には、水入らずの家族五人が、囲炉裡の火に真赤に顔を照らし合いながらさし向いになる。戸外ではさらさらと音を立てて霰まじりの雪が降りつづけている。七時というのにもうその界隈《かいわい》は夜更《よふ》け同様だ。どこの家もしんとして赤子の泣く声が時折り聞こえるばかりだ。唯遠くの遊廓《ゆうかく》の方から、朝寝の出来る人達が寄り集まっているらしい酔狂のさざめきだけが途切れ途切れに風に送られて伝わって来る。

「俺らはあ寝《ね》まるぞ」

僅《わず》かな晩酌に昼間の疲労を存分に発して、眼をとろんこにした君の父上が、まず囲炉裡の側に床をとらして横になる。やがて兄上と嫂とが次の部屋に退くと、囲炉裡の側には、君と君の妹だけが残るのだ。

時が静かに淋しく、然し睦《むつま》じくじりじりと過ぎて行く。

「寝ずに*」

針の手をやめて、君の妹はおとなしく顔を上げながら君に云う。

「先に寝れ、いいから」

胡坐《あぐら》の膝《ひざ》の上にスケッチ帖《ちょう》を拡《ひろ》げて、と見こう見している君は、振り向きもせずに、ぶっきらぼうにそう答える。

「朝げに又眠むいとってこづき起されべえに*」、にっと片頰に笑みを湛《たた》えて妹は君に悪戯《いたずら》らしい眼を向ける。

「何んの」

「何んのでねえよ、そんだもの見こくって*何んのたしになるべえさ。皆んなよって笑っとるでねえか、今の兄《あん》さんこと暇さえあれば見ったくもない画《え》べえ描いて、何んするだべって」

君は思わず顔をあげる。

「誰が云った」

「誰って……皆んな云ってるだよ」

「お前もか」

「私は云わねえ」

「そうだべさ。それならそれでいいでねえか。訳のわかんねえ奴さ何んとでも云わせておけばいいだ。これを見たか」

「見たよ。……荘園《しょうえん》の裏から見た所だなあそれは。山はわし気に入ったども、雲が黒過ぎるでねえか」

「差出口はおけやい」

そして君達二人は顔を見合って溶けるように笑み交わす。寒さはしんしんと脊骨《せぼね》まで徹《とお》って、戸外には風の落ちた空を黙って雪が降り積んでいるらしい。

今度は君が発意する。

「おい寝べえ」

「兄さん先に寝なよ」

「お前寝べし……明日又一番に起きるだから……戸締りは俺らがするに」*

二人はわざと意趣に争ってから、妹はとうとう先に寝る事にする。君はなお半時間ほどスケッチに見入っていたが、寒さに堪えきれなくなってやがて身を起すと、藁草履《わらぞうり》を引っかけて土間に降り立ち、竈《かまど》の火許《ひもと》を十分に見届け、漁具の整頓《せいとん》を一わたり注意し、入口の戸に錠前を卸し、雪の吹きこまぬよう窓の隙間《すきま》をしっかりと閉じ、そして又囲炉裡座に帰ってみると、ちょろちょろと燃えかすれた根粗朶《ねそだ》の火に朧《おぼ》ろに照らされて、君の父上と妹とが炉縁《ろべり》の二方に寝くるまっているのが物淋しく眺められる。一日々々生命の力から遠ざかって行く老人と、若々しい生命の力に悩まされているとさえ見える妹の寝顔は、明滅する焔《ほのお》の前に幻のような不思議な姿を描き出す。この老人の老先きをどんな運命が待っているのだろう。この処女の行末をどんな運命が待っているのだろう。未来は凡て暗い。そこではどんな事でも起り得る。君は二人の寝顔を見つめながらつくづくとそう思った。そう思うにつけて、その人達の行末については、素直な心で幸《さち》あれかしと祈る外はなかった。人の力と云うものがこんな厳粛な瞬間には一番便《たよ》りなく思われる。

君はスケッチ帖を枕許《まくら》に引きよせて、垢染《あかじ》みた床の中にそのままもぐり込みながら、氷のような布団の冷たさが体の温《ぬく》みで暖まるまで、まじまじと眼を見開いて、君の妹の寝顔を、憐《あわ》れみとも愛ともつかぬ涙ぐましい心持で眺めつづける。それは君が妹に対して幼少の時から何かの折りに必ず抱くなつかしい感情だった。

それもやがて疲労の夢が押し包む。

今岩内の町に目覚めているものは、恐らく朝寝坊の出来る富んだ惰《なま》け者と、燈台守と犬位のものだろう。夜は寒く淋しく更けて行く。

八

君、君はこんな私の自分勝手な想像を、私が文学者であると云う事から許してくれるだろうか。私の想像は後から後からと引き続いて湧《わ》いて来る。それが中《あた》っていようが中っていまいが、君は私がこうして筆取るその目論見《もくろみ》に悪意のない事だけは信じてくれるだろう。そして無邪気な微笑を以《もっ》て、私の唯一《ゆいいつ》の生命である空想が勝手次第に育って行くのを見守っていてくれるだろう。私はそれを頼《たよ》って更に書き続けて行く。

鰊の漁期――それは北方に住む人の胸にのみしみじみと感ぜられるなつかしい季節の一つだ。この季節になると長く地の上を領していた冬が老いる。――北風も、雪も、囲炉裡も、綿入れも、雪靴《つまご》も、等しく老いる。一片の雲のたたずまいにも、自然の目論見と予言とを人一倍鋭敏に見て取る漁夫達の眼には、朝夕の空の模様が春めいて来た事をまざまざと思わせる。北西の風が東に廻るにつれて、単色に堅く凍りついていた雲が、蒸されるようにもやもやと崩れ出して、淡いながら暖い色の晴雲に変って行く。朝から風もなく晴れ渡った午後なぞに波打際に出てみると、やや緑色を帯びた青空の遥《はる》か遠くの地平線高く、幔幕《まんまく》を真一文字に張ったような雪雲の堆積《たいせき》に日が射して、万遍なく薔薇《ばら》色に輝いている。何んと云う美妙な美しい色だ。冬はあすこまで遠退《の》いて行ったのだ。そう思うと、不幸を突き抜けて幸福に出遇った人のみが感ずる、あの過去に対する寛大な思い出が、ゆるやかに浜に立つ人の胸に流れこむ。五カ月の長い厳冬を牛のように忍耐強く辛抱しぬいた北人の心に、もう少しでひねくれた根性にさえなり兼ねた北人の心に、春の約束がほのぼのと恵み深く響き始める。

朝晩の凍《し》み方は大して冬と変りはない。濡《ぬ》れた金物がべたべたと糊《のり》のように指先に粘りつく事は珍らしくない。けれども日が高くなると、さすがに何処か寒さにひびがいる。浜辺は急に景気づいて、納屋の中からは大釜《おおがま》や締框《しめわく》*が担《かつ》ぎ出され、ホック船*やワク船をつと*のように蔽《おお》うていた蓆《むしろ》が取りのけられ、旅烏《たびがらす》と一緒に集まって来た漁夫達が、綾《あや》を織るように雪の解けた砂浜を行き違って目まぐるしい活気を見せ始める。

鱈《たら》の漁獲が一先《ひとま》ず終って、鰊の先駆《はしり》もまだ群来《くけ》て来ない。海に出て働く人達はこの間に少しの間《ま》息をつく暇を見出《みいだ》すのだ。冬の間から一心に覗《うかが》っていたこの暇に、君は或る日朝からふいと家を出る。勿論《もちろん》懐《ふとこ》ろの中には手馴《てな》れたスケッチ帖と一本の鉛筆とを潜まして。

家を出ると往来には漁夫達や、女でめん（女労働者）や、海産物の仲買と云ったような人々が賑《にぎや》かに浮き浮きして行ったり来たりしている。根雪が氷のように磐《いわ》になって、その上を雪解の水が、一冬の塵埃《ちりほこり》に染って、泥炭地《でいたんち》の湧き水のような色でどぶどぶと漂っている。馬橇《ばそり》に材木のように大きな生々しい薪《まき》をしこたま積み載せて、その悪路を引っぱって来た一人の年配な内儀《かみ》さんは、君を認めると、引綱をゆるめて腰を延ばしながら、戯《たわむ》れた調子で大きな声をかける。

「はれ兄《あん》さんもう浜さ行くだね」

「うんにゃ」

「浜で無《ね》え？　たら*又山かい。魚を商売にする人《ふと》が暇さえあれば山さ突っぱしるだから怪体《けたい》だあてばさ。いい人でもいるだんべさ。は、は、は、……。うんすら妬《や》いてこすに、＊一押し手を貸すもんだよ」

「口はばったい事べ云うと鰊様が群来《くけ》てはくんねえぞ。おかしな婆様《ばさま》よなあお前も」

「婆様だ!?　人聞《ふとぎ》きの悪い事べ云わねえもんだ。人様《ふとさま》が笑うでねえか」

実際この内儀さんの噪《はしや》いだ雑言《ぞうごん》には往来の人達が面白がって笑っている。君は当惑して、橇の後ろに廻って三四間ぐんぐん押してやらなければならなかった。

「そだ。そだ。兄《あん》さんいい力だ。浜まで押してくれたら己らお前に惚《ほ》れてこすに」＊

君は惘《あき》れて橇から離れて逃げるように行手を急ぐ。面白がって二人の問答を聞いていた群集は思わず一度にどっと笑い崩れる。人々のその高笑いの声にまじって、内儀さんがまた誰かに話しかける大声がのびやかに聞こえて来る。

「春が来るのだ」

君は何につけても好意に満ちた心持でこの人達を思いやる。

やがて漁師町をつきぬけて、この市街では目ぬきな町筋に出ると、冬中空屋《あきや》になっていた西洋風の二階建の雨戸が繰り開けられて、札幌の或る大きなデパートメント・ストアの臨時出店が開かれようとしている。藁屑《わらくず》や新聞紙のはみ出た大きな木箱が幾個か店先に抛《ほう》り出されて、広告のけばけばしい色旗が、活動小屋の前のように立て列《なら》べてある。そして気の利《き》いた手代が十人近くも忙がしそうに働いている。君はこの大きな臨時の店が、岩内中の小売商人にどれ程の打撃であるかを考えながら、自分達の漁獲が、資本のない為《た》めに、外の土地から投資された海産物製造会社によって捨て値で買い取られる無念さをも思わないではいられなかった。「大きな手には摑《つか》まれる」……そう思いながら君はその店の角を曲って割合にさびれた横町にそれた。

その横町を一町も行かない所に一軒の薬種店があって、それにつづいて小さな調剤所がしつらえてあった。君はそこのガラス窓から中を覗《のぞ》いて見る。ずらっと列べた薬種瓶の下の調剤卓の前に、凭《もた》れのない抉抜《くりぬ》きの事務椅子《いす》に腰かけて、黒い事務マントを羽織った悒鬱《ゆううつ》そうな小柄な若い男が、一心に小形の書物に読み耽《ふけ》っている。それはKと云って、君が岩内の町に持っている唯《ただ》一人の心の友だ。君はくすんだ硝子《ガラス》板に指先を持って行ってほとほと敲《たた》く。Kは機敏に書物から眼を挙げてこちらを振りかえる。そして驚いたように座を立って来て硝子障子を開ける。

「何処に」

君は黙ったまま懐中からスケッチ帖《ちょう》を取り出して見せる。そして二人は互に理解するように微笑《ほほえ》みかわす。

「君は今日は出られまい」

君は東京の遊学時代を記念する為めに、大事にとって置いた書生の言葉を使えるのが、この友達に会う時の一つの楽しみだった。

「駄目だ。この頃は漁夫で岩内の人数が急に殖えたせいか忙《ぜ》わしい。然し今はまだ寒いだろう。手が自由に動くまい」

「何、画は描けずとも山を見ていればそれでいいだ。久しく出て見ないから」

「僕は今これを読んでいたが（と云ってKはミケランジェロの書翰集《しょかんしゅう》を君の眼の前にさし出して見せた）素晴らしいもんだ。こうしていてはいけないような気がするよ。だけどもとても及びもつかない。いい加減な芸術家と云うものになって納まっているより、この薄暗い薬局で、黙りこくって一生を送る方がやはり僕には似合わしいようだ」

そう云って君の友は、悒鬱な小柄な顔を一際《ひときわ》悒鬱にした。君は励ます言葉も慰める言葉も知らなかった。そして心尤《とが》めするもののようにスケッチ帖を懐ろに納めてしまった。

「じゃ行って来るよ」

「そうかい。そんなら帰りには寄って話して行き給《たま》え」

この言葉を取り交わして、君はその薄汚れたガラス窓から離れる。

南へ南へと道を取って行くと、節婦橋《せっぷばし》と云う小さな木橋があって、そこから先にはもう家並は続いていない。溝泥《どぶどろ》を捏《こ》ね返したような雪道は段々綺麗《きれい》になって行って、地面に近い所が水になってしまった積雪の中に、君の古い兵隊長靴はややともするとすぽりすぽりと踏み込んだ。

雪に蔽われた野は雷電峠の麓《ふもと》の方へ爪先《つまさき》上りに拡《ひろ》がって、折から晴れ気味になった雲間を漏れる日の光が、地面の蔭日向《かげひなた》を銀と藍《あい》とでくっきりと彩《いろど》っている。寒い空気の中に、雪の照り返しがかっかっと顔を火照《ほて》らせる程強く射して来る。君の顔は見る見る雪焼けがして真赤に汗ばんで来た。今まで厳丈《がんじょう》に被《かぶ》っていた頭巾《ずきん》をはねのけると、眼界は急に遥々と拡がって見える。

何んと云う宏大《こうだい》な厳《おごそ》かな景色だ。胆振《いぶり》の分水嶺《ぶんすいれい》から分れて西南を指す一連の山波が、地平から力強く伸び上って段々高くなりながら、岩内の南方へ走って来ると、そこに図らずも陸の果てがあったので、突然水際に走りよった奔馬が、揃《そろ》えた前脚を踏み立てて、思わず平頸《ひらくび》を高く聳《そびや》かしたように、山は急にそそり立って、沸騰《ふっとう》せんばかりに天を摩《ま》している。今にもすさまじい響を立てて崩れ落ちそうに見えながら、何百万年か何千万年か、昔のままの姿でそそり立っている。そして今は唯一色の白さに雪で被《おお》われている。そして雲が空を動く度毎《たびごと》に、山は居住いを直したかのように姿を変える。君は久し振りで近々とその山を眺めるともう有頂天になった。そして余の事は綺麗に忘れてしまう。

君は唯一《いちず》途にがむしゃらに本道から道のない積雪の中に足を踏み入れる。行手に黒ずんで見える楡《にれ》の切株の所まで腰から下まで雪に塗《まみ》れて辿《たど》り着くと、君はそれに兵隊長靴を打ちつけて脚の雪を払い落しながら佇《たたず》む。そして眼を据えてもう一度雪野の果てに聳え立つ雷電峠を物珍らしく眺めて魅入られたように茫然《ぼうぜん》となってしまう。幾度見ても倦《あ》きる事のない山のたたずまいが、この前見た時と相違のある筈《はず》はないのに、全く異った表情を以て君の眼に映って来る。この前見に来た時は、それは厳冬の一日のことだった。やはり今日と同じ処《ところ》に立って、凍える手に鉛筆を運ぶ事も出来ず、黙ったまま立って見ていたのだったが、その時の山は地面から静々と盛り上って、雪雲に閉された空を確《し》かと摑んでいるように見えた。その感じは恐ろしく執念深く力強いものだった。君はその前に立って押しひしゃげられるような威圧を感じた。今日見る山はもっと素直な大さと豊かさとを以て静かに君を搔《か》き抱くように見えた。不断自分の心持が誰からも理解されないで、一種の変屈人のように人々から取り扱われていた君には、この自然が君に対して求めて来る親しみはしみじみとしたものだった。君はまた更に眼を挙げて、なつかしい友に向うように沁々《しみじみ》と山の姿を眺めやった。

　丁度親しい心と心とが出遇《であ》った時に、互に感ぜられるような温かい涙ぐましさが、君の雄々しい胸の中に湧き上って来た。自然は生きている。そして人間以上に強く高い感情を持っている。君には同じ人間の語る言葉だが英語は解らない。自然の語る言葉は英語よりも遥かに君には解りいい。ある時には君が使っている日本語そのものよりももっと感情の表現の豊かな平明な言葉で自然が君に話しかける。君はこの涙ぐましい心持を描いてみようとした。

　そして懐中からいつものスケッチ帖を取り出して切株の上に置いた。開かれた手帖と山とをかたみがわりに見やりながら、君は丹念に鉛筆を削り上げた。そして粗末な画学紙の上には、逞《たく》ましく荒くれた君の手に似合わない繊細な線が描かれ始めた。

丁度人の肖像を描こうとする画家が、その人の耳目鼻口をそれぞれ綿密に観察するように、君は山の一つの皺《しわ》一つの襞《ひだ》にも君だけが理解すると思える意味を見出《みいだ》そうと努めた。実際君の眼には山の凡《すべ》ての面は、そのまま凡ての表情だった。日光と雲との明暗《キヤロスキユロ》に彩られた雪の重なりには、熱愛を以て見極めようと努める人々にのみ説き明かされる貴い謎《なぞ》が潜めてあった。君は一つの謎を解き得たと思う毎に、小躍りしたい程の喜びを感じた。君の周囲には今はもう生活の苦情もなかった。世間に対する不安も不幸もなかった。自分自身に対するおくれ勝ちな疑いもなかった。子供のような快活な無邪気な一本気な心……君の唇からは知らず知らず軽い口笛が漏れて、君の手は躍るように調子を取って、紙の上を走ったり、山の大さや角度を計ったりした。

そうして幾時間が過ぎたろう。君の前には「時」というものさえなかった。やがて一つのスケッチが出来上って、軽い満足の溜息《ためいき》と共に、働かし続けていた手をとめて、片手にスケッチ帖を取り上げて眼の前に据えた時、君は軽い疲労――軽いと云っても、君が船の中で働く時の半日分の労働の結果よりは軽くない――を感じながら、今日が仕事のよい収穫であれかしと祈った。画学紙の上には、吹き変る風の為めに乱れがちな雲の間に、その頂を見せたり隠したりしながら、真白にそそり立つ峠の姿と、その手前の広い雪の野のここかしこに叢立《むらだ》つ針葉樹の木立や、薄く炊煙を地に靡《なび》かして処々に立つ惨《みじ》めな農家、これ等の間を鋭い刃物で断ち割ったような深い峡間《はざま》、それ等が特種な深い感じを以て特種な筆触で描かれている。君はやや暫《しば》くそれを見やって微笑ましく思う。久振りで自分の隠れた力が、哀れな道具立てによってではあるが、とにかく形を取って生れ出たと思うと嬉しいのだ。

然しながら狐疑《こぎ》は待ちかまえていたように、君が満足の心を十分味う暇もなく、足許《あしもと》から押し寄せて来て君を不安にする。君は自分に諛《へつら》うものに対して警戒の眼を向ける人のように、自分の満足の心持を厳しく調べてかかろうとする。そして今描き上げた画を容赦なく山の姿と較べ始める。

自分が満足だと思った所は何処《どこ》にあるのだろう。それは謂《い》わば自然の影絵に過ぎないではないか。向うに見える山はそのまま寛大と希望とを象徴するような一つの生きた塊的《マッス》であるのに、君のスケッチ帖に縮め込まれた同じものの姿は、何んの表情も持たない線と面との集まりとより君の眼には見えない。

この悲しい事実を発見すると君は躍起となって次のページをまくる。そして自分の心持を一際《ひときわ》謙遜《けんそん》な、そして執着の強いものにし、粘り強い根気でどうかして山をそのまま君の画帖の中に生かし込もうとする、新たな努力が始まると、君はまた凡ての事を忘れ果てて一心不乱に仕事の中に魂を打ち込んで行く。そして君が昼弁当を食う事も忘れて、四枚も五枚ものスケッチを作った時には、もう大分日は傾いている。

然しとてもそこを立ち去る事は出来ない程、自然は絶えず美しく蘇《よみがえ》って行く。朝の山には朝の命が、昼の山には昼の命があった。夕方の山には又しめやかな夕方の山の命がある。山の姿は、その線と蔭日向とばかりでなく、色彩にかけても、日が西に廻ると素晴らしい魔術のような不思議を現わした。峠のある部分は鋼鉄のように寒く硬く、また他の部分は気化した色素のように透明で消え失せそうだ。夕方に近づくにつれて、やや煙り始めた空気の中に、声も立てずに粛然と聳えているその姿には、汲《く》んでも汲んでも尽きない平明な神秘が宿っている。見ると山の八合目と覚しい空高く、小さな黒い点が静かに動いて輪を描いている。それは一羽の大鷲《おおわし》に違いない。眼を定めてよく見ると、長く伸ばした両の翼を微塵《みじん》も動かさずに、身体《からだ》全体をやや斜めにして、大きな水の渦に乗った枯葉のように、その鷲は静かに伸びやかに輪を造っている。山が物云わんばかりに生きてると見える君の眼には、この生物は却って死物のように思いなされる。況《ま》してや平原の処々に散在する百姓家などは、山が人に与える生命の感じに較《くら》べれば、惨めな幾個かの無機物に過ぎない。

昼は真冬からは著しく延びてはいるけれども、もう夕暮の色はどんどん催して来た。それと共に肌身に寒さも加わって来た。落日に彩られて光を呼吸するように見えた雲も、煙のような白と淡藍《うすあい》との蔭日向を見せて、雲と共に大空の半分を領していた山も、見る見る寒い色に堅くあせて行った。そして靄《もや》とも云うべき薄い膜が君と自然との間を隔てはじめた。

君は思わず溜息をついた。云い解きがたい暗愁――それは若い人が恋人を思う時に、その恋が幸福であるにもかかわらず、胸の奥に感ぜられるような――が不思議に君を涙ぐましくした。君は鼻をすすりながら、ばたんと音を立ててスケッチ帖を閉じて、鉛筆と一緒にそれを懐《ふとこ》ろに納めた。凍《い》てた手は懐ろの中の温味をなつかしく感じた。弁当は食う気がしないで、切株の上からそのまま取って腰にぶらさげた。半日立ち尽した脚は、動かそうとすると電気をかけられたように痺《しび》れていた。ようようの事で君は雪の中から爪先をぬいて一歩々々本道の方へ帰って行った。遥《はる》か向うを見ると山から木材や薪炭《しんたん》を積み下ろして来た馬橇《ばそり》がちらほらと動いていて、馬の首につけられた鈴の音が冴《さ》えた響きをたてて幽《かす》かに聞こえて来る。それは漂浪の人が遥かに故郷の空を望んだ時のようななつかしい感じを与える。その消え入るような、淋しい、冴えた音が殊《こと》になつかしい。不思議な誘惑の世界から突然現世に帰った人のように、君の心はまだ夢心地で、芸術の世界と現実の世界との淡々しい境界線を辿っているのだ。そして君は歩きつづける。

何時《いつ》の間にか君は町に帰って例の調剤所の小さな部屋で、友達のKと向き合っている。Kは君のスケッチ帖を興奮した目付で彼処此処見返している。

「寒かったろう」

とKが云う。君はまだ本当に自分に帰りきらないような顔付で、

「うむ。……寒くはなかった。……その線の鈍っているのは寒かったからではないんだ」

と答える。

「鈍っていはしない。君がすっかり何もかも忘れてしまって、駈《か》けまわるように鉛筆をつかった様子がよく見えるよ。今日のは皆んな非常に僕の気に入ったよ。君も少しは満足したろう」

「実際の山の形に較べて見給え。……僕は親父にも兄貴にもすまない」

と君は急いで言いわけをする。

「何んで？」

Kは怪訝《けげん》そうにスケッチ帖から眼を上げて君の顔をしげしげと見守る。

君の心の中には苦い灰汁《あくじる》のようなものが湧《わ》き出て来るのだ。漁にこそ出ないが、本当を云うと、漁夫の家には一日として安閑としていい日とてはないのだ。今日も、君が一日を画《え》に暮していた間に、君の家では家中で忙しく働いていたのに違いないのだ。建網《たてあみ》に損じの有る無し、網をおろす場所の海底の模様、大釜《おおがま》を据えるべき位置、桟橋の改造、薪炭の買入れ、米塩の運搬、仲買人との契約、肥料会社との交渉……その外鰊《にしん》漁の始まる前に漁場の持主がして置かなければならない事は有り余る程あるのだ。

君は自分が画に親しむ事を道楽だとは思っていない。いないどころか、君に取ってはそれは、生活よりも更に厳粛な仕事であるのだ。然《しか》し白然と抱き合い、自然を画の上に活《い》かすという事は、君の住む所では君一人だけが知っている喜びであり悲しみであるのだ。外の人達は——君の父上でも、兄妹《きょうだい》でも、隣り近所の人でも——唯《ただ》不思議な子供じみた戯《たわむ》れとよりそれを見ていないのだ。君の考え通りをその人達の頭の中にたんのうが出来るように打ちこむというのは思いも及ばぬ事だ。

君は理窟《りくつ》では何等恥ずべき事がないと思っている。然し実際では決してそうは行かない。芸術の神聖を信じ、芸術が実生活の上に玉座を占むべきものであるのを疑わない君も、その事柄が君自身に関係して来ると、思わず知らず足許がぐらついて来るのだ。

「俺が芸術家であり得る自信さえ出来れば、俺は一刻の躊躇《ちゅうちょ》もなく実生活を踏みにじっても、親しいものを犠牲にしても、歩み出す方向に歩み出すのだが……家の者共の実生活の真剣さを見ると、俺は自分の天才をそう易々《やすやす》と信ずる事が出来なくなってしまうんだ。俺のようなものを描いていながら彼等に芸術家顔をする事が恐ろしいばかりでなく、僭越《せんえつ》な事に考えられる。俺はこんな自分が恨めしい。そして恐ろしい。皆んなはあれ程心から満足して今日々々を暮しているのに、俺だけは丸で陰謀でも企《たく》らんでいるように始終暗い心をしていなければならないのだ。どうすればこの苦しさこの淋しさから救われるのだろう」

平常のこの考えがKと向い合っても頭から離れないので、君は思わず「親父にも兄貴にもすまない」と云ってしまったのだ。

「どうして？」と云ったKも、君もそのまま黙ってしまった。Kには、物を云われないでも、君の心はよく解っていたし、君は又君で、自分は綺麗《きれい》に諦《あきら》めながら何処までも君を芸術の捧誓者たらしめたいと熱望する、Kの淋しい、自己を滅した、温《あたたか》い心の働きをしっくりと感じていたからだ。

君等二人の眼は悒鬱《ゆううつ》な熱に輝きながら、互に瞳《ひとみ》を合わすのを憚《はばか》るように、やや燃えかすれたストーヴの火を眺め入る。

そうやって黙っている中に君はたまらない程淋しくなって来る。自分を憐《あわ》れむともKを憐れむとも知れない哀情がこみ上げて、Kの手を取り上げて撫《な》でてみたい衝動を幾度も感じながら、女々《めめ》しさを退けるようにむずがゆい手を腕の所で堅く組む。

ふと煤《すす》けた天井から垂れ下った電球が光を放った。驚いて窓から見るともう往来は真暗になっている。冬の日の舂《うすづ》き隠れる早さを今さらに君はしみじみと思った。掃除の行き届かない雷球は埃《ごみ》と手垢《てあか》とで殊更暗かった。それが部屋の中をなお悒鬱にして見せる。

「飯だぞ」

Kの父の荒々しい癇《かん》走った声が店の方から如何《いか》にも突慳貪《つっけんどん》に聞こえて来る。不断から自分の一人息子の悪友でもあるかの如《ごと》く思いなして、君が行くと曾《かっ》て機嫌《きげん》のい い顔を見せた事のないその父らしい声だった。Kは一寸《ちょっと》反抗するような顔付をしたが、陰性なその表情を益々《ますます》陰性にしただけで、きぱきぱと盾をつく様子もなく、父の心と君の心とを窺《うかが》うように声のする方と君の方とを等分に見る。

君は長座をしたのがKの父の気に障《さわ》ったのだと推《すい》すると座を立とうとした。然しKはそういう心持に君をしたのを非常に物足らなく思ったらしく、君にも是非夕食を一緒にしろと勧めてやまなかった。

「じゃ僕は昼の弁当を喰わずにここに持ってるからここで食おうよ。遠慮なく済まして来たまえ」

と君は云わなければならなかった。

Kは夕食を君に勧めながら、ほんとうはそれを両親に打ち出して云う事を非常に苦にしていたらしく、さればとてまずい心持で君を還《かえ》すのも堪えられないと思いなやんでいたらしかったので、君の言葉を聞くと活路を見出したように少し顔を晴れ晴れさせて調剤室を立って行った。それも思えば一家の貧窮がKの心に染《し》み渡ったしるしだった。君は独りになると、段々暗い心になり増《まさ》るばかりだった。

それでも夕飯という声を聞き、戸の隙《すき》から漏れる焼魚の匂《にお》いをかぐと、君は急に空腹を感じ出した。そして腰に結び下げた弁当包を解いてストーヴに寄り添いながら、椅子《いす》に腰かけたままの膝《ひざ》の上でそれを開いた。

北海道には竹がないので、竹の皮の代りにへぎで包んだ大きな握飯はすっかり凍《い》てしまっている。春立った時節とは云いながら一日寒空に、切株の上にさらされていたので、飯粒は一粒一粒ぼろぼろに固くなって、持った手の中から零《こぼ》れ落ちる。試みに口に持って行ってみると米の持つ甘味はすっかり奪われていて、無味な繊維のかたまりのような触覚だけが冷たく舌に伝わって来る。

君の眼からは突然、君自身にも思いもかけなかった熱い涙がほろほろとあふれ出た。じっと坐ったままではいられないような寂寥《せきりょう》の念が真暗に胸中に拡《ひろ》がった。

君はそっと座を立った。そして弁当を元通りに包んで腰にさげ、スケッチ帖を懐ろにねじこむと、こそこそと入口に行って長靴をはいた。靴の皮は夕方の寒さに凍って鉄板のように堅く冷たかった。

雪は燐《りん》のようなかすかな光を放って、真黒に暮れ果てた家々の屋根を被《おお》うていた。淋しいこの横町は人の影も見せなかった。暫《しばら》く歩いて例のデパートメント・ストアの出店の角近くに来ると、一人の男の子がスケート下駄（下駄の底にスケートの歯をすげたもの）をはいて、でこぼこに凍った道の上をがりがりと音をさせながら走って来た。その児《こ》はスケートに夢中になって、君の側をすりぬけても君には気が付いていないらしい。

「氷の上が辷《すべ》れ出した時はほんとに夢中になるものだ」

君は自分の遠い過去を覗《のぞ》き込むように淋しい心の中にもこう思う。何事を見るにつけても君の心は痛んだ。

デパートメント・ストアの在る本通りに出ると打って変って賑《にぎ》やかだった。電燈も急に明るくなったように両側の家を照らして、そこには店の者と購買者との影が綾《あや》を織った。それは君に取っては、その場合の君に取っては、一つ一つ見知らぬものばかりのようだった。そこいらから起る人声や荷橇《にぞり》の雑音などがぴんぴんと君の頭を針のように刺戟《しげき》する。見物の前に引き出された見世物小屋の野獣のようないらだたしさを感じて、君は眉根《まゆね》の所に電光のように起る痙攣《けいれん》を小うるさく思いながら、むずかしい顔をしてさっさと賑やかな往来を突きぬけて漁師町の方へ急ぐ。

然し君の家が見え出すと君の足はひとりでにゆるみ勝ちになって、君の頭は知らず識《し》らず、尚《なお》低くうなだれてしまった。そして君は疑わしそうな眼を時々上げて、見知り越しの顔にでも遇《あ》いはしないかと気遣った。然しこの界隈《かいわい》はもう静まり返っていた。

「駄目だ」

突然君はこう小さく云って往来の真中に立ち停ってしまった。そうして立ちすくんだその姿の首から肩、肩から背中に流れる線は、若《も》しそこに見守る人がいたならば、思わずぞっとして異常な憂愁《ゆうしゅう》と力とを感ずるに違いない不思議に強い表現を持っていた。

暫く釘《くぎ》づけにされたように立ちすくんでいた君は、やがて自分自身をもぎ取るように決然と肩をそびやかして歩き出す。

君は自分でも何処《どこ》をどう歩いたかを知らない。やがて君が自分に気が付いて君自身を見出した所は海産物製造会社の裏の険しい崖《がけ》を登りつめた小山の上の平地だった。

全く夜になってしまっていた。冬は老いて春は来ない——その壊れ果てたような荒涼たる地の上高く、寒さをかすかな光にしたような雲のない空が、気息《いき》もつかずに、凝然として延び拡がっていた。色々な光度と色々な光彩でちりばめられた無数の星々の間に、冬の空の誇りなる参宿《オライオン》*が、微妙な傾斜を以て三つならんで、何かの凶徴のように一際《ひときわ》ぎらぎらと光っていた。星は語らない。ただ遥かな山裾《やますそ》から、干潮になった無月の潮騒《しおさい》が、海妖《かいよう》の単調な誘惑の歌のように、なまめかしく撫でるように聞こえて来るばかりだ。風が落ちたので、凍り付いたように寒く沈みきった空気は、この海のささやきの為めに鈍く震えている。

君はその平地の上に立ってぼんやりあたりを見廻していた。君の心の中には先程から恐ろしい企図《たくらみ》が眼ざめていたのだ。それは今日に始まった事ではない。ともすれば君の油断を見すまして、泥沼の中からぬるりと頭を出す水の精のように、その企図は心の底から現われ出るのだ。君はそれを極端に恐れもし、憎みもし、卑《いや》しみもした。男と生れながら、そんな誘惑を感ずる事さえやくざな事だと思った。然し一旦その企図が頭を擡《もた》げたが最後、君は魅入られた者のように、藻掻《もが》き苦しみながらも、じりじりとそれを成就する為めには、凡《すべ》てを犠牲にしても悔いないような心になって行くのだ、その恐ろしい企図とは自殺する事なのだ。

君の心は妙にしんと底冷えがしたように棘々《とげとげ》しく澄みきって、君の眼に映る外界の姿は突然全く表情を失ってしまって、固い、冷たい、無慈悲な物の積み重なりに過ぎなかった。無際限な唯一つの荒廃――その中に君だけが呼吸を続けている、それが堪《たま》らぬ程淋しく恐ろしい事に思いなされる荒廃が君の上下四方に拡がっている。波の音も星の瞬《また》きも、夢の中の出来事のように、君の知覚の遠い遠い末梢《まっしょう》に、感ぜられるともなく感ぜられるばかりだった。凡ての現象がてんでんばらばらに互の連絡なく散らばってしまった。その中で君の心だけが張りつめて死の方へとじりじり深まって行こうとした。重錘《おもり》をかけて深い井戸に投げ込まれた燈明のように、深みに行く程、君の心は光を増しながら、感じを強めながら、最後には死というその冷たい水の表面に消えてしまおうとしているのだ。

君の頭が痺《しび》れて行くのか、世界が痺れて行くのか、ほんとうに判らなかった。恐ろしい境界に臨んでいるのだと幾度も自分を警《いまし》めながら、君は平気な気持でとてつもない呑気《のんき》な事を考えたりしていた。そして君は夜の更《ふ》けて行くのも、寒さの募るのも忘れてしまって、そろそろと山鼻の方へ歩いて行った。

脚の下遠く黒い岩浜が見えて波の遠音が響いて来る。

唯一飛びだ。それで煩悶《はんもん》も疑惑も綺麗さっぱり帳消しになるのだ。

「家の者たちはほんとうに気が違ってしまったとでも思うだろう。……頭が先にくだけるか知らん。足が先に折れるか知らん」

君は瞬《まばた》きもせずにぼんやり崖の下を覗きこみながら、他人の事でも考えるように、そう心の中でつぶやく。

不思議な痺れはどんどん深まって行く。波の音なども少しずつかすかになって、耳に這入《はい》ったり這入らなかったりする。君の心はただ一途《いちず》に、眠り足りない人が思わず瞼《まぶた》をふさぐように、崖の底を目がけてまろび落ちようとする。危い……危い……他人の事のように思いながら、君の心は君の肉体を崖の際から真逆様《まつさかさま》に突き落そうとする。

突然君は跳ね返されたように正気に帰って後ろに飛び退《す》ざった。耳をつんざくような鋭い音響が君の神経をわななかしたからだ。

ぎょっと驚いて今更のように大きく眼を見張った君の前には平地から突然下方に折れ曲った崖の縁《へり》が、地球の傷口のように底深い口を開けている。そこに知らず知らず近づいて行きつつあった自分を省みて、君は本能的に身の毛をよだてながら正気になった。

鋭い音響は眼の下の海産物製造会社の汽笛だった。十二時の交代時間になっていたのだ。遠い山の方からその汽笛の音はかすかに反響《こだま》になって、二重にも三重にも聞こえて来た。

もう自然はもとの自然だった。いつの間にか元通りな崩壊したような淋しい表情に満たされて涯《はて》もなく君の周囲に拡がっていた。君はそれを感ずると、ひたと底のない寂寥の念に襲われ出した。男らしい君の胸をぎゅっと引きしめるようにして、熱い涙が留度《とめど》なく流れ始めた。君は唯独り真夜中の暗闇《くらやみ》の中にすすり上げながら、真白に積んだ雪の上に蹲《うずくま》ってしまった。立ち続ける力さえ失ってしまって。

九

君よ!!

この上君の内部生活を忖度《そんたく》したり揣摩《しま》したりするのは僕のなし得る所ではない。それは不可能であるばかりでなく、君を瀆《けが》すと同時に僕自身を瀆す事だ。君の談話や手紙を綜合《そうごう》した僕のこれまでの想像は謬《あやま》っていない事を僕に信ぜしめる。然し僕はこの上の想像を避けよう。ともかく君はかかる内部の葛藤《かっとう》の激しさに堪えかねて、去年の十月にあのスケッチ帖と真率な手紙とを僕に送ってよこしたのだ。

君よ。然し僕は君の為めに何を為《な》す事が出来ようぞ。君とお会いした時も、君のような人が——全然都会の臭味から免疫されて、過敏な神経や過量な人為的智見に煩《わずら》わされず、強健な意力と、強靫《きょうじん》な感情と、自然に哺《はぐく》まれた叡智《えいち》とを以て自然を端的に見る事の出来る君のような土の子が——芸術の捧誓者となってくれるのをどれ程望んだろう。けれども僕の喉《のど》まで出そうになる言葉を強《し》いて抑えて、凡てを擲《なげう》って芸術家になったらいいだろうとは君に勧めなかった。

それを君に勧めるものは君自身ばかりだ。君が唯独りで忍ばなければならない煩悶――それは痛ましい陣痛の苦しみであるとは云え、それは君自身の苦しみ、君自身で癒《いや》さなければならぬ苦しみだ。

地球の北端――そこでは人の生活が、荒くれた自然の威力に圧倒されて、瘦地《やせじ》におとされた雑草の種子のように弱々しく頭を擡げてい、人類の活動の中心からは見逃がされる程隔たった地球の北端の一つの地角に、今、一つのすぐれた魂は悩んでいるのだ。若し僕がこの小さな記録を公《おおや》けにしなかったならば誰もこのすぐれた魂の悩みを知るものはないだろう。それを思うと凡ての現象は恐ろしい神秘に包まれて見える。如何《いか》なる結果を齎《もた》らすかも知れない恐ろしい原因は地球のどの隅っこにも隠されているのだ。人は畏《おそ》れないではいられない。

君が一人の漁夫として一生を過すのがいいのか、一人の芸術家として終身働くのがいいのか、僕は知らない。それを軽々しく云うのは余りに恐ろしい事だ。それは神から直接君に示されなければならない。僕はその時が君の上に一刻も早く来るのを祈るばかりだ。

そして僕は、同時に、この地球の上のそこここに君と同じい疑いと悩みとを持って苦しんでいる人々の上に最上の道が開けよかしと祈るものだ。この切なる祈りの心は君の身の上を知るようになってから僕の心の中に殊《こと》に激しく強まった。

ほんとうに地球は生きている。生きて呼吸している。この地球の生まんとする悩み、この地球の胸の中に隠れて生れ出ようとするものの悩み——それを僕はしみじみと君によって感ずる事が出来る。それは湧《わ》き出で跳《おど》り上る強い力の感じを以て僕を涙ぐませる。

君よ！　今は東京の冬も過ぎて、梅が咲き椿が咲くようになった。太陽の生み出す慈愛の光を、地面は胸を張り拡げて吸い込んでいる。春が来るのだ。

君よ、春が来るのだ。冬の後には春が来るのだ。君の上にも確かに、正《まさ》しく、力強く、永久の春が微笑《ほほえ》めよかし……僕はただそう心から祈る。

注解

ページ

九　＊「私の母」　有島武郎は大正六年十月号の『新家庭』に『私の母』という短い随筆を書いている。本文中にあるとおり、母の思い出を語ったもの。

一四　＊門徒　ここでは門徒宗。親鸞《しんらん》が浄土宗から出てひらいた真宗の俗称。念仏称名《しょうみょう》によって浄土に往生できるという他力信仰を徹底させ、ひろく庶民の間に信者を得た。

一七　＊K海岸　鎌倉をさす。有島武郎の妻安子は大正三年の秋に肺を冒され、鎌倉に転地した。

一八　＊Resignation　（独）あきらめ。断念。当時、結核はほとんど不治の病と見られていた。

＊H海岸　平塚をさす。大正四年、安子は鎌倉の転地先から平塚の杏雲堂《きょううんどう》病院に入院した。

二一　＊一つの創作　有島武郎は『実験室』（大正六年）という短編で、病気の真因を解明するため、周囲の反対を押しきって妻の死体を解剖する医者を描いている。

二三　＊無劫の世界　劫《こう》は梵《ぼん》語 Kalpa の音写で、きわめてながい時間の単位。時間が停止し、眼前の一瞬に永遠の真理があらわれた世界。即身成仏を説く仏教では、永遠と今日が一体であるという思想の主張がある。

二四　＊古賀液　北里研究所内科部長の古賀玄三郎が、結核治療剤として創始した新剤「チアノクプロール」の別称。当時、世間に大きな反響を呼んでいた。

二六　＊ミネルバ　Minerva　ローマ神話で、工芸・芸術・知恵などをつかさどるとされた女神。しばしば、ギリシャ神話のアテーナーと同一視される。

＊クロムウェル　Oliver Cromwell（1599—1658）　イギリスの軍人・政治家。独立教会派の首領としてチャールズ一世の王軍とネーズビで戦って大勝、王を処刑して共和制を布《し》いた。のち護国卿《きょう》となり、軍隊の支持による独裁政治をおこない、航海条例の施行（1651）や蘭英戦争の勝利（1654）など、イギリスの海上制覇《せいは》の基礎をきずいた。

三一　＊ニセコアン　ニセコアンヌプリ。北海道の倶知安《くっちゃん》の近くにある山。蝦夷《えぞ》富士として有名な羊蹄《ようてい》山の北西約十三キロ、尻別《しりべつ》川をへだてて相対している。

三五　＊モティヴ　〔motive（英）〕　制作動機。絵画では、作者がなにを表現しようとしているか、その具体的な主題をいう。

四〇　＊エクスタシー　〔ecstasy（英）〕　忘我、恍惚《こうこつ》状態。

五〇　＊厚衣　厚衣は大阪地方で生産される綿織物。地があつく丈夫な布で、ここではそれで作った仕事着のこと。

六〇　＊建網　定置漁業のための重要な漁具。

六三　＊アレッグロ　〔allegro（伊）〕　音楽用語。快速に、活溌《かっぱつ》に（演奏する）の意。他の付加語と一緒になって、より具体的な意味をあらわす場合が多い。

六三　＊Largo pianissimo　（伊）音楽用語。きわめて遅いテンポで、もっとも弱く（演奏する）。
六五　＊Allegro Molto　（伊）音楽用語。きわめて速く、にぎやかに。
六六　＊配縄　延縄《はえなわ》とおなじ。いちどに多くの魚を釣りあげるための漁具。長くふとい幹縄《みきなわ》に、適当な間隔で多くの釣糸をつけ、それぞれに釣針を仕掛けたもの。
六七　＊子午線　ここでは天球の子午線で、地平の南北点、観測者から見た天頂、天の北（南）極を結ぶ大円。〈日が子午線近く来る〉というのは、日がもっとも高くのぼった状態に近づくこと。
六九　＊印度藍　インジゴ（indigo）暗青色。藍《あい》色。
七五　＊玉の緒で炊き上げたような飯を食って　玉の緒は生命。いのちがけで稼いだ金で生計をたてることのたとえ。
八七　＊水船　難破船。
八八　＊鬼一口　鬼が人間などをがぶりと一口に食うことから、一挙にうち倒されることのたとえ。
九一　＊板子一枚の下は地獄　舟のあげ板一枚下は、いつ落ちて死ぬかわからぬ海であるの意で、舟のり稼業《かぎょう》の危険をいったことば。
九三　＊クリムソンレーキ　（crimson lake）深紅色（の絵具）。
九八　＊西に春き出す　夕日が山にはいろうとする。
　　　＊嫁入ったという噂もなく……　家の貧窮を助けるために、娘が芸妓や娼婦《しょうふ》などに売られ

てゆくのである。

九九　＊ワク船　網に入った鰊《にしん》を洋上でとりこみ、陸まで運ぶ船。

一〇一　＊寝ずに　寝ましょうよ。

＊起されべえに　起されるだろうのに。

＊見こくって　見てたって。

一〇二　＊寝べし　寝るといい。

一〇五　＊大釜や締框　鮮魚として市場に出さない鰊は大釜で煮て、締框でそれを圧縮して油と粕《かす》をとる。

＊ホック船　ボッツ船ともいう。建網・袖網などのそばに繋留《けいりゅう》して、寝とまりし、定置網の見張りをする船。

＊つと　わらなどをたばねて物をつつむもの。

一〇六　＊たら　そしたら。

一〇七　＊うんすら妬いてこすに　うんと妬《や》いているのに。

＊惚れてこすに　惚れるのに。

一二五　＊参宿《オライオン》　〔Ōriōn（希）〕オリオン星座。むかし、中国・日本で、天球を二十八に区分したいわゆる二十八宿のひとつ、参宿がその中央部にあたる。

三　好　行　雄

解　説

有島武郎　人と作品

瀬　沼　茂　樹

少年期——横浜と学習院

有島武郎は、西南の役のあった翌年、明治十一年三月四日、東京の小石川水道町に生れた。父は薩摩《さつま》隼人《はやと》の後裔《こうえい》で、当時、大蔵省の関税局少書記官であった。母は維新の戦乱に徳川幕府を助けた南部藩士の出である。不思議な縁が、日本の南北の男女を結びつけ、武郎を頭に五男二女の子持ちとなった。情熱的な薩摩男と知性的な南部娘との血が混って、武郎のほかに、生馬《いくま》、里見弴《とん》（英夫）と、芸術家三兄弟を育てた。封建武士の両親は息子達を官僚か実業家かにしたかったらしいのだが、三人はその意に反して芸術家として大成した。

武郎が数えで五歳の年に、父は横浜税関長となって、月岡町の税関官舎に移った。父は将来の日本を考え、採長補短の考えから、まず欧米の自由教育に親しませるとともに、「文明開化」の尖端《せんたん》を行く開港場で、外人教師について、欧米教育をうけた。父は将来の日本を考え、採長補短の考えから、まず欧米の自由教育に親しませるとともに、家庭にあっては厳格な儒教的なスパルタ教育を施した。武郎の二重の性格、躁鬱《そううつ》的気質が知らず識《し》らずのうちに強化されていった。後年の童話『一房《ひとふさ》の葡萄《ぶどう》』は、この幼年時代の思い出に由来している。

数えで十歳の年に私塾自牧学校に入って、小学教育をうけ、初等科三年までの課程を終え、明治二十年九月に学習院予備科第三級（小学四年）に入った。藩閥政府の有力な官僚であった父は、息子を華族学校に入れ、将来に備えるつもりであった。華族の子弟は陸海軍の士官となることを勧められていたから、武郎もまた軍人志望を抱《いだ》いていた。明治二十二年の紀元節に明治憲法が発布された。薩摩の俊秀文部大臣森有礼《ありのり》が式典に参加しようとして、暗殺された。この事件は、武郎に衝撃《ショツク》を与え、海軍志望をとりやめ、農業志望に変る動機になったという。武郎は品行方正、学業優秀な生徒であったから、皇太子明宮嘉仁親王《はるのみやよしひと》の学友に選ばれた。

明治二十三年九月、学習院中等科にすすみ、岩倉具張、徳大寺則麿、塩谷温、長与《ながよ》又郎《またお》、松平保男らと同級になった。国漢、歴史、芸術が好きで、『小国民』や『少年文学』を愛読し、絵画、習字、作文を得意とした。父は大蔵省を辞し、実業界に乗りだし、学習院は明治二十七年の地震に崩壊し、今までいた寄宿舎を出て、白鳥庫吉《くらきち》の家塾に起居した。庫吉は後の東洋史の権威で、武郎の文学と歴史への夢を助けた。ちぬの浦（村上）浪六《なみろく》に倣《なら》い、由井ヶ浜兵六という戯号で、歴史小説『慶長武士』を書き、『此孤墳』『斬魔剣』などの習作を重ねた。日清《にっしん》戦争時代の少年の試作として、戦《せん》記譚《きたん》であり、稚《おさな》い作品であった。童話にこの時代の挿話《そうわ》を描いたものがある。

明治二十九年七月、学習院中等科を卒《お》えた。後に「余は学習院に於《お》ける教育に負ふ所なしと思へり」といっているが、そうとばかり言いきれぬものがある。

札幌《さっぽろ》農学校

二百十日の暴風雨を衝《つ》いて、武郎は横浜から汽船で小樽にわたった。札幌農学校（後の北海道大学農学部）に入学するためであった。両親の結婚を媒酌した太田時敏の甥《おい》、南部藩士の出の新渡戸《にとべ》稲造《いなぞう》が教授をしているためであったが、また明治の青年らしく「農業革新の魁《さきがけ》」となる夢を抱いていた。札幌はアメリカ的に開拓した市街であり、農学校はW・S・クラークのキリスト主義を活《い》かしていた。異国風な横浜に次いで、異国風な札幌が青年期を形成する重要な基盤であった。クラークの有名な言葉、

“Boys, be ambitious”とは、現実的な立身出世を説くのではなく、世を救う大志をもてという理想主義の教えであった。

武郎は、札幌に五年の学窓生活を送った。初めは新渡戸家に同居し、稲造の妻メリに愛され、バイブル・クラスに出席、カーライル研究に感化された。寄宿舎に移ってからは、級友森本厚吉のすすめで、キリスト教による宗教的真理の探求に思案を凝らした。当時のプロテスタンティズムは厳格な清教徒的色彩が強く、定山渓《じょうざんけい》の見神の実験をへて、却《かえ》って精神と肉体との矛盾に苦しんだ。「聖書を食とし、祈禱《きとう》を糧《かて》とする」清教徒の生活は難行苦行であり、内に狂熱を有する武郎をたえず苦しめた。鬱症とみられる循環性気質が、このころからみえる。

明治三十四年春、両親の反対を斥《しりぞ》けて、札幌独立教会に入会した。社会福祉事業としてメリ夫人の継承した遺産を基金にひらいた貧民教育、遠友夜学校を助け、次第に社会問題にも関心をもった。キリスト教から愛の意識を学び、「聯帯《れんたい》責任の理」を内村から学び、アフリカ探険家で偉大な宗教家であったリビングストンの評伝を、森本厚吉と共に書いた。この年三月、『リビングストン伝』を共著で出版し、七月、『鎌倉幕府初代の農政』を卒業論文として、「農学士」となった。武郎は三十四名中の十番であった。

東京に帰ると、待っていたのは兵役義務である。学生の徴兵猶予《ゆうよ》は切れ、数え年二十四歳で、この年の末に一年志願兵として麻布《あざぶ》の第三聯隊に入隊した。武郎はキリスト教精神から国家や兵役に疑問をもち、一年間の不生産的な労役義務に痛烈な批判をいだいていた。しかし表面は忠実な一兵士として、勤勉に将来の幹部将校としての学習を積み、明治三十五年冬、予備見習士官として除隊した。

アメリカ留学

「すべての情実から離れて、ほんとうに自分自身の考えで自分をまとめてみたい」

武郎は旧師新渡戸稲造の意見をきき、アメリカ留学の決意をかためた。英会話英作文から西洋史や西洋文学まで予備学習をおさめ、稲造の姪《めい》河野信子との恋を胸におさめ、翌年夏、森本厚吉とともにアメリカに渡り、佐々城信子の婚約者であった級友森広に再会した。淫蕩《いんとう》な女信子を思いあきらめるように、厚吉とふたりで忠告した。

武郎はクエーカー派のハヴァフォード・カレッジの大学院に学んだ。英国史、中世史、労働問題、ドイツ語の四科目を聴講し、社会学的に日本史を研究し、「日本の天職」がどこにあるかを探求したいと願った。フレンド派のフランクフォード精神病院に二カ月間看護人として働いたり、級友アーサ・クローウェルに招かれ、アヴォディルの家をたびたび訪ね、十三歳の次女フランセスの純情に心をひかれた。武郎には幼女愛好癖がある。明治三十七年六月、"Development of Japanese Civilization—from the Mythical Age to the Time of Decline of Shogunal Power"をもって、M・Aの学位を得た。

すでに日露戦争が始まっていた。キリスト教国民であるアメリカ人が、親日派、親露派に別れて、好戦的言辞を弄《ろう》し、異教徒と変らぬことを恥としないのをみて、キリスト教への疑問を深めた。ただひとりレフ・トルストイが立って、『爾曹悔改めよ《なんじともがら》』という日露戦争批判をロンドン・タイムズ紙上に掲げたのをみて、さすがにトルストイだと感心した。

この秋、ボストンに行き、ハーバード大学の大学院に入って、美術史、宗教史、欧州史、労働問題の四科目を学んだ。しかしこの大学院には一年間を過しただけであった。武郎の心中には次第に文学への熱情が動いていた。アメリカ社会主義者金子喜一を知り、近代社会主義への関心を深めるとともに、弁護士ピーボディを通じて、ウォルト・ホイットマンを知った。終生愛読した『草の葉』一巻は、清教主義から彼自身の本然に還《かえ》る「自由人」loafer の道を伝えた。彼の働いたニュー・ハンプシャーで一日本人の恋愛事件の捲添《まきぞ》えにあったりした。

ボルチモアで厚吉と共同生活をした後、ワシントンに住まい、国会図書館に通い、ブランデス、イプセン、クロポトキン、ゴオリキー、トルストイを愛読した。これら北欧系の文学を通じて、真の自己を見出《みいだ》し、しだいに文学思想の方向をかためた。三年のアメリカ留学を打切り、イタリアで弟の画家生馬に再会、ヨーロッパ諸国をへめぐった。スイスのシャフハウゼンの旅舎の娘ティルダ・ヘックに会い、終生変らぬ心の友となった。ロンドンで大英博物館に通って勉学し、労働者街にクロポトキンをも訪ねた。明治四十年二月末にロンドンをたって、帰国の旅についた。トルストイの『アンナ・カレーニナ』は船中の愛読の書であった。

東北帝国大学農科大学予科

武郎は、帰国後、三カ月の教育召集をうけて、予備陸軍歩兵少尉に任官した。他方、母校の東北帝国大学農科大学（札幌農学校が改称）予科講師になり、やがて教授になった。佐藤昌介学長を助け、新渡戸稲造の流儀で「倫理講話」を担当したが、新帰朝の少壮教授として、イプセン、トルストイ研究から出た人生論をもって、学生間の人気を博した。すでに数え年三十二歳であったので、種々な経緯《いきさつ》の後、神尾安子と結婚した。

武郎は、一方では学生たちと社会主義研究会や洋画の黒百合会《くろゆりかい》に参加し、日曜学校や遠友夜学校を教えた。他方、ドイツ語教授吹田順助と親交をむすび、小説の競作をした。そして学校の『文武会会報』にイプセン研究等を発表した。吹田順助との交友は小説『半日』にうかがわれる。しかも弟生馬の級友志賀直哉《なおや》らによる新理想主義の文学運動が胎動しはじめていた。

明治四十三年四月、武者小路《むしやのこうじ》実篤《さねあつ》、志賀直哉らは『白樺《しらかば》』を創刊し、有島三兄弟は轡《くつわ》を並べて参加し、日本自然主義の壟断《ろうだん》する陰鬱な文壇に、楽天的な天窓《てんまど》をあけた。武郎は評論に、翻訳に、創作に鬱積した情熱を傾けた。出発当時、注目する人は少なかったが、外国体験を活かし、洋画風な脂濃《あぶらつこ》い文体で、確実に自己の問題を携《ひつさ》げて、実篤、直哉と並ぶ新風を樹立していた。

『二つの道』や『叛逆者《はんぎやくしや》』やホイットマン論などの評論によって提起した独自の生命哲学、戯曲『老船長の幻覚』、小説『かんかん虫』などによって思想的核心を肉づけた芸術作品は、有島武郎のあらゆる可能性を立証するとともに、まさに夏目漱石《そうせき》に比較される独自の人間学の探求であった。人間の相対性を肯定した上で、その根柢《こんてい》をさぐって、深淵《しんえん》から絶対的統一を真剣に模索し、今日なおいささかも褪色《たいしょく》することを知らぬ新鮮さをもって、佇立《ちょりつ》している。武郎はこの五月に札幌独立教会を退会したが、キリスト教主義によって強化された二元矛盾の苦悩は、日本思想とは異なった次元で、人間探求の永遠の課題に取組むことになったからである。

しかも武郎は、『白樺』第二年一号から、定本『或《あ》る女』の前編『或る女のグリンプス』という大作に取組んだ。イプセンの『ヘッダ・ガーブラー』、トルストイの『アンナ・カレーニナ』ともいうべき本格的な近代小説を、――彼の知った国木田独歩の前妻佐々城信子を主人公に立てて、性格と環境との競合が生みだす悲劇を、りっぱに仕上げてみせた。前編が終ると、『お末の死』“An Incident”『幻想』などの短編小説に凡手ならぬ手並を発揮した。たとえば私小説ともいえる“An Incident”において、単に私生活の描出に甘んぜず、心理的、思想的作因を掘下げて、並々ならぬ深さをみせている。

結婚後、長男行光（森雅之）、次男敏行、三男行三が出生した。いずれも年子《としご》であり、慣れぬ北国寒冷の地であったから、愛妻安子が結核に犯される素因ともなったろう。武郎は学校を退き、妻を湘南《しょうなん》の地に移し、養生につとめた。しかしまず安子が大正五年八月に、父が十二月に死去した。この間に一つの長編『宣言』と、一つの戯曲『サムソンとデリラ』とを書いた。前者は武者小路実篤の『友情』に先立つ、ほぼ同一の主題であり、結核患者が登場人物に選ばれるところに、執筆時の情況がみられる。後者は聖書の題材に自由解釈を加え、作者自身の問題の展開をはかった。いろいろ問題はあるが、興味深い作品であることは変らぬ。

作家生活

妻と父との死という不幸は、却《かえ》って作家活動に加えられていた控制《こうせい》を取払い、作家生活への幸運な転機となった。妻の死に題材をとった戯曲『死と其《そ》の前後』、自己の人生観を明らかにする初稿『惜みなく愛は奪う』、出世作『カインの末裔《まつえい》』を初め、旺盛《おうせい》な制作活動がつづけられ、大正六、七年には最高潮期を形づくった。『有島武郎著作集』が刊行をはじめたのは大正六年十月であり、『平凡人の手紙』『クララの出家』『小さき者へ』『生れ出づる悩み』『石にひしがれた雑草』等の代表的短編がこの間に出た。同時にアメリカ時代の精神的放浪を突きとめる長編自伝小説『迷路』を完成した。そうして、大正八年三月、完膚ないまでに『或る女』前編に改訂の筆を加えて出版するとともに、六月、後編を書下ろしで書上げるといった脂の乗った仕事ぶりをみせた。有島文学の本質はここに遺憾なく発揮せられた。

武郎の文学は、形式的には、二種類に分けられる。一つは『小さき者へ』や長編『迷路』にみるような私小説や自伝小説の系統に入るものである。もう一つは『カインの末裔』や長編『或る女』にみるような客観小説すなわち本格小説である。しかし、いずれの形式を採るにせよ、彼自身の生命哲学を核心におき、その複雑な性格からくる陰影のある主題の追求であり、本格的な造型と構成とを行なっている。たとえ『迷路』のような失敗作にせよ、その思想的混迷がとる曲折であって、真摯《しんし》な問いかけの姿勢は崩れず、それはそれなりに尽きぬ興味をあらわしている。『小さき者へ』のもつ美しい愛情も、『生れ出づる悩み』のもつ繊細で鋭利な分析も、『カインの末裔』のもつ原始的情熱への沈潜も、『石にひしがれた雑草』のもつ娼婦性《しょうふせい》への肉迫も、『かんかん虫』にはじまり『或る女』に結晶する作者の悲劇的知性のもつ諸相である。

　ひとりの美貌《びぼう》で悧発《りはつ》な女性が女性の自由と幸運とを追求し、堅い環境の壁に激突し、自己の中の娼婦性に翻弄《ほんろう》されて破滅する宿命をたどって、不朽の名作『或る女』を完成したとき、武郎自身は危機に蝕《むしば》まれようとしていた。同志社大学の客員教授となって、イプセンやホイットマンを講じ、流行作家として身辺に多くの鑽仰者《さんぎょうしゃ》をあつめていたが、反面、彼自身の内部には生命哲学の理論的構築を打挫《うちくじ》く危機が訪れていた。第一次世界大戦後のロシア革命や米騒動に象徴される社会不安は彼の社会的識見から有産者としての自己の立場を疑問としはじめた。僚友武者小路実篤の「新しき村」の実験に一つの可能性を認めながら、これに懐疑を表明せざるを得なかった。大正九年に一編の『卑怯者《ひきょうもの》』に自己の恥をあばき、明治三十年代の若い日々を思い浮べて、長編

『星座』に着手したが、わずかに第一巻を完成して、後をつづけることができなかった。

武郎は『宣言一つ』に自己の立場を表明し、生活改造によって新時代に処しながら、思想の立て直しを考えた。大正十一年の有島農場の解放は、「新しき村」に代る彼なりの実践であった。個人雑誌『泉』を発刊し、思想打開の道をみつけようと、四苦八苦した。戯曲『ドモ又の死』『断橋』、小説『酒狂』『或る施療患者』『骨』『親子』などを書いた。アナーキストは武郎から資金を「掠《りゃく》」する。小説は思想の崩壊を立て直すどころか、とめどなく絶望と虚無との淵《ふち》への陥落をあらわしている。『独断者の会話』などにみられる必死の内心の闘争はいたましい限りである。こういう心の隙《すき》に、横暴な亭主に苦しむ美貌の婦人記者、「運命の女」波多野秋子が蠱惑《こわく》の楔《くさび》を打込んできた。その上、亭主からの姦通《かんつう》の脅迫が彼を打ちのめした。

大正十二年六月七日、有島武郎は、風呂敷包を一つ抱《かか》えて自宅を出たまま、ふたたび帰らなかった。一カ月後の七月七日、軽井沢三笠山の別荘浄月庵で、男女の腐乱屍《し》体《たい》が発見された。あの日の翌々日、二人は「幸福の絶頂」で死んだのだ。武郎は数え年四十六歳、惜しい若い生命をみずから散らせてしまったが、その文学は肉体の生命を超え、永遠に生きつづける。


（昭和四十八年七月、文芸評論家）

『小さき者へ・生れ出づる悩み』について

本多秋五

『小さき者へ』と『生れ出づる悩み』とは、ともに一九一八年（大正七年）に書かれた。

有島武郎は、夫人の病気療養のため、それまで在任していた札幌から一家をあげて東京へ移り、札幌農大の教授の職も間もなく辞したが、一六年の夏、ついに夫人を失った。たまたま同年の冬、彼は厳父の長逝《ちょうせい》にもあった。この相前後しておこった一身上の事件は、有島の生活条件に大きな変化をもたらし、それが作家生活に彼が専念する動機になった、と普通いわれている（足かけ八年にわたる札幌生活については『生れ出づる悩み』の冒頭に回想がある。「お前たちの母上の死によって、私は自分の生きて行くべき大道にさまよい出た」云々《うんぬん》と『小さき者へ』にあるのは、夫人の死によって有島が作家生活に専念するようになったことをも、一部として語っていると思われる）。有島が一七年以後、急に旺盛《おうせい》な創作力を示しはじめた原因が、一身上の変化のみにあるとするのはやや一面的にすぎると私は思うが、とにかく、愛妻と厳父を前後して失ったその翌年（有島はこの年数え年の四〇歳）から、有島がセキを切ったように力作を矢継ぎ早に発表しはじめたことは事実であり、一七、一八、一九の三カ年間の仕事で、彼は一躍して当時の第一級作家たる地位を確立したといわれる。『小さき者へ』と『生れ出づる悩み』は、その旺盛な著作活動開始の二年目に書かれた作品である。

有島の作品にはセンチメンタルなものと執拗《しつよう》残酷なものとがある。例えば『小さき者へ』と『或る女』である。彼の作品にはまた、若々しく昂揚《こうよう》した時代にふさわしいロマンティシズムと、通常は老いた時代にかもし出されるデカダンスとがある。例えば『或る女』と『草の葉』である。『或る女』には二つのものが併存しているともいえる。彼はもっとも正統的なリアリズムの作家にちがいないのだが、彼の作品にはわれわれの日本的現実感に何か馴染《なじ》みにくいものがある（このことについてはあとの叙述でふれるつもりである）。これらは私がひとり考えでそう思うのであるが、そこから私は有島武郎をかなり難解な作家ではないかと思っている。しかし、『小さき者へ』と『生れ出づる悩み』は、いわば人としての有島武郎を直接にあらわしている単純な作品（こういう作品は有島に多くない）で、一読して誰にもわかる通りの作品であって、ほとんど解説の必要をみないと思う。

『小さき者へ』は、妻を失って三人の子供を抱えた作家のある夜の感想、とでもいうべきものである。臆測《おくそく》すれば、この小編の執筆動機には、三人の子供を抱えた独身人気作家の近況を窺《うかが》いたい、というジャーナリズムの要求がはたらいていたかと思われる。こういう興味はいつの時代の読者にもあるもので、それがこの作品の愛読者を絶たぬゆえんであるかと思う。勿論《もちろん》そこに、その作家が人道主義の作家であるという事情はある。

幼い子供たちに「母上」の思い出を語りながら、その「母上」とおなじ病気にかかったU氏が、理智的な人であったにもかかわらず、なぜ祈禱《きとう》で病気を癒《いや》そうとしたかを子供たちに考えさせ、「お前たちは母上の死を思い出すと共に、U氏を思い出すことを忘れてはならない。そしてこの恐ろしい溝《みぞ》を埋める工夫をしなければならない」と書いているようなところに、有島の特色はやはり明瞭《めいりょう》に刻印されている。他の一切をかえりみることのない自我実現を説く『惜みなく愛は奪う』の哲学と、この『小さき者へ』の父性愛とは、一見矛盾するようにみえるかも知れない。しかし、どちらの有島もいつわりのない有島その人であり、二人の有島が有島のなかにはいたのだと思う。『平凡人の手紙』と戯曲『死と其の前後』は、やはり夫人の死を扱っていて、この作品に関係あるものである。

『小さき者へ』の最後は、「行け。勇んで。小さき者よ」という一句で結ばれている。この作品全体は、最後にこの結びの句がきて不自然でないような調子で書かれている。ところが、この「小さき者」たちは、この文章を書きつつある作者の隣りの部屋で、枕《まくら》をならべて安眠しているのである。こういう点に、読者はあるいは戸惑いを感じるかも知れない。読者はまた、『生れ出づる悩み』で主人公を「君は」と呼びかけて行く発想法にも、それと似た戸惑いを感じるかも知れない。

自分の感情に加速度をつけて酔うことを極度に警戒するわれわれの心理的習性は、『小さき者へ』の結びの句のごときものにいささか奇異の感をいだく。「君は」といえば、作者よりも誰よりも「君」のことを一番よく知っている「君」自身の実像を眼前に思い描きがちなわれわれは、『生れ出づる悩み』の最初の発想にやはり据わりの悪いものを感じる。志賀直哉や徳田秋声がもし同様の題材をあつかったなら、このようには絶対に書かなかったであろう。ここから有島のセンチメンタリズムと、日本的現実感からのズレを指摘するのはやさしいが、はたして問題はそれで終るだろうか？

有島の文章に外国語のスタイルが多く入っていることは誰も気づく通りである。彼は「やがて瀬は達せられる」と書く。漁船が海のなかの瀬に達したという意味である。

「この季節になると長く地の上を領していた冬が老いる。——北風も、雪も、囲炉裡も、綿入れも、雪鞋も、等しく老いる」という擬人《ぎじん》法は、日本伝来の漢文体文章にならなかったものではないが、有島の場合には、直接には英語の発想法からきていることは明らかだと思う。日常英語の文章を読みなれ、英語で日記を書いたりもした有島は、この種の表現を一般読者が思うほどには不熟なものと感じていなかったと思う。むしろ、感情の高調した場合の表現には、外国語の表現法を便利ともし、実際にまたそれが自然に多くあらわれて来もしたようである。このことと、いわゆる有島の「甘さ」、すなわち、有島のセンチメンタリズムないし日本的現実感からのズレとの間には、ある関係がありそうに思われる。

『生れ出づる悩み』は、貧しい階級に生れた有為多感な青年が、鷗外《おうがい》のいわゆる「日の要求」にかたく縛られ、多感であるだけに、親兄弟や世間との絆《きずな》をガムシャラに断ち切ることもできず、告げようのない苦しみを苦しむという主題からいって、藤村の『破戒』や、白柳秀湖《しらやなぎしゅうこ》の『駅夫日記』や、花袋《かたい》の『田舎教師』につながるものである。この主題は大正以後の「純文学」から不思議なほど忘れ去られた。この忘れ去られた主題を有島がとり上げていることと、有島のセンチメンタリズムないし現実感のズレなるものとの間にはある関係があり、まさにそこのところに直訳的な有島のスタイル

（発想法、思考方法全体）が関係をもっているのではないか、と考えられる。それらの間に、一直線の、排他的な関係があるというのではなく、有島の側に帰せらるべき弱点も混入しているにしても、そこになにかの関係があるのではないか、と思われるのである。これを裏返していえば、われわれ日本人の現実感というものは、大部分は外ならぬ日本の「純文学」によって鍛えられたものであるが、日本の現実そのものは「純文学」の方法によってとらえる以外にとらえる方法がないものであろうか？　ということになる。

『生れ出づる悩み』では、漁船が吹雪にあって転覆する場面が、作者はどういう体験によってこれを書いたのかと怪しまれるほど、よく描けている。それは肝腎《かんじん》の主人公が自殺をはかる場面（ここを私は肝腎と思う）の印象を、いくらか薄めるほど見事に描けている。富をいだいて無為徒食する金持に対する非難の口吻《こうふん》、地方都市に大きな資本（漁業会社、デパートなど）が侵入して、独立の小企業を蚕食して行く現象への着目など、この作品で注意されると思う。すぐれた画才をいだきながら荒い筋肉労働に従事する主人公を、ひたすら男惚《おとこぼ》れするような人物に描いているところには、有島の生前、有島に褒《ほ》められた人が、有島さんに褒められても嬉しくないよ、誰でも褒めるんだから、といったと伝えられるような、この作者の他人感心癖もはたらいているかと思う。その裏側には、白い手の芸術家であることを心疚《やま》しく思う作者の自己呵責《かしやく》がみえる。優等生であり、孝行息子であり、模範紳士であった有島には、自由な発現をこばまれて深く抑圧された自我があり、それが素直に感情移入されたとき『生れ出づる悩み』などを生み、空想的作物にそれが大胆な発想をこころみたとき『或る女』『カインの末裔《まつえい》』などを生んだと考えられる。有島全集には『生れ出づる悩み』の主人公のモデルである木田金次郎あての書簡が二十通と、別に木田氏絵画展通知一通とが収録されている。

人としての有島を直接にうかがわせる作品として、他に短編『親子』がある。『小さき者へ』が父としての有島を語るのに対して、これは息子としての有島を語るものである。批評家も文学史家も、どういうわけかこの作品をほとんど黙殺しているが、すみずみまで力の充実した立派な作品である。有島読者のあわせ愛読されんことを望む。

（昭和二十九年十二月、評論家）

年　譜

明治十一年（一八七八年）三月四日、東京府小石川水道町（現、文京区水道）に父武、母幸の長男として生れた。弟妹に愛、壬生馬《みぶま》（生馬《いくま》）、志満子、隆三、英夫（里見弴《とん》）、行郎の六人があった。父は薩《さつ》摩《ま》支藩北郷《ほんごう》家の家士で、維新後大蔵省に勤め、武郎出生当時は、松方正義に従って欧米に赴いていた。母は南部藩江戸留守居役山内七五郎英邦の三女。

明治十四年（一八八一年）三歳　東京女子師範学校附属幼稚園に入園。父が関税局大書記官となり神田区表神保町《じんぼうちょう》に転居。この頃から病弱であった。

明治十五年（一八八二年）四歳　父が横浜税関長になるのに伴って横浜市月岡町に転居。

明治十六年（一八八三年）五歳　英会話実習のため米国人牧師の家庭に妹愛と共に通い始める。

明治十七年（一八八四年）六歳　九月、横浜英和学校（現、成美学園）に妹愛と共に入学。

明治二十年（一八八七年）九歳　五月、英和学校を退学し、学習院入学準備のため、花咲町の自牧学舎に入る。九月、学習院予備科第三級に編入学。寄宿舎に入るが上級生に男色を迫られ恐怖を覚える。

明治二十一年（一八八八年）十歳　皇太子の学友に選ばれ、土曜ごとに吹上《ふきあげ》御殿へ伺候する。

明治二十二年（一八八九年）十一歳　二月十一日、森有礼《ありのり》暗殺を聞き衝撃を受け、海軍軍人志望を捨て、農業に従事したいと考えるようになる。「小国民」「少年文学」を愛読し、小堀鞆音《ともね》の挿絵《さしえ》に傾倒して絵をよくした。

明治二十三年（一八九〇年）十二歳　九月、学習院中等科に進学。中学時代、善良な少年と不良少年との間に自分の位置を決めかねていた。学業成績は優秀。

明治二十五年（一八九二年）十四歳　横浜に旧友を訪ねた際、中年の寡婦《かふ》の誘惑を受けたが逃れる。この経験が自分に悪影響を与えたと信じた。

明治二十六年（一八九三年）十五歳　五月、父、大蔵大臣渡辺国武との政治上の意見の衝突から官を辞し、一家は鎌倉材木座の別荘に移る。武郎は寄宿舎に残り、妹愛は外祖母山内静の世話になる。

明治二十七年（一八九四年）十六歳　六月、地震で

学習院校舎が倒壊し、祖母静の家に入り世話になる。この祖母から大きな感化を受ける。七月、父が松方正義の推薦で島津公の家扶名義で十五銀行世話役になる。

明治二十八年（一八九五年）十七歳　この頃から、病気のためしばしば休学し、成績下る。ひそかに文学書を読み、奇怪な空想に耽《ふけ》る。

明治二十九年（一八九六年）十八歳　麹町《こうじまち》区下六番町に転居。七月、学習院中等科を卒業。二十七年以来、腸チフス、肺炎、脚気《かっけ》、心臓病を患《わずら》い、東京での生活が不可能になったため、九月、札幌《さっぽろ》農学校予科五年に編入。新渡戸《にとべ》稲造の官舎に寄宿する。十月、『根なし草』を書く。

明治三十年（一八九七年）十九歳　五月頃、祖母静の感化により、曹洞宗《そうとうしゅう》中央寺で参禅。七月、本科に進級。夏休みに内村鑑三を青山南町に訪ね、キリスト教に近づく。十月、新渡戸稲造札幌を去る。

明治三十一年（一八九八年）二十歳　二月、新渡戸の設立になる貧しい子女を対象にした遠友夜学校の校歌を作る。この頃内村鑑三の著作を愛読する。

明治三十二年（一八九九年）二十一歳　二月、キリスト教入信を決意するが、家人の反対にあう。六月、祖母死去。

明治三十三年（一九〇〇年）二十二歳　札幌農学校校歌を作る。十一月、武郎、森本厚吉、木村徳三が中心になり「木曜会」を作る。十二月、評論『人生の帰趨《きすう》（独立と服従）』を「学芸会雑誌」に発表する。

明治三十四年（一九〇一年）二十三歳　七月、札幌農学校を卒業。卒業論文は『鎌倉幕府初代の農政』。十二月、一年志願兵として、東京麻布《あざぶ》の第一師団歩兵第三聯隊《れんたい》に入営。翌年十一月に予備見習士官として除隊。

明治三十六年（一九〇三年）二十五歳　一月、新渡戸から皇太子傅育官《ふいくかん》に推薦されたが辞退。この頃新渡戸の姪《めい》河野信子と親しくなる。八月、森本と共に渡米。九月、ペンシルバニア州ハヴァフォード・カレッジの大学院に入学し、経済と歴史を専攻する。この頃、文学者になる決心もつかず、信仰にも懐疑を抱く。

明治三十七年（一九〇四年）二十六歳　六月、論文『日本文明の発展——神話時代から将軍家の滅亡まで』を提出し、マスター・オブ・アーツの学位を得る。七月、弟壬生馬を欧州に留学させるためフランクフォードの精神病院で看護人として働く。九月、病院を辞し、ハーバード大学選科に入学、歴史と労働問題を専攻する。エマアスン、ホイットマン、ブランデス、ツルゲーネフの作品を愛読。

明治三十八年（一九〇五年）二十七歳　一月、ブレシコフスキイ夫人伝を書いて「平民新聞」に送る。四月、同稿が『露国革命党の老女（ブレシコフスキイ女史）』として「毎日新聞」に載る。六月、大学を去り、ニュー・ハンプシャーの農家で一カ月ほど働く。八月、ボルチモアで森本と同居。十一月、森本と共にワシントンに移り、国会図書館に通って歴史と文学の勉強をする。イプセン、トルストイ、ツルゲーネフ、クロポトキン等を耽読《たんどく》。百姓になるか、教育者になるか、文学者になるか迷う。

明治三十九年（一九〇六年）二十八歳　春、口語体による最初の小説『かんかん虫』を書く。四月、友人の恋愛事件に関係し、神経衰弱に陥る。五月、イプセンの訃報《ふほう》に接し『イブセン雑感』を執筆。九月、ニューヨークを出帆、ナポリで弟壬生馬に会い、共に欧州を巡歴する。十一月、スイスのシャフハウゼンで旅館の娘ティルダ・ヘックを知り、生涯《しょうがい》文通する。十二月、パリに着く。

明治四十年（一九〇七年）二十九歳　一月、壬生馬と別れロンドンに行き、大英博物館に通う。二月、ロンドン郊外のクロポトキンを訪ねる。同月、ロンドンを出航。四月、神戸に帰国。九月、予備見習士官として入隊。十一月、除隊。壬生馬を介して志賀直哉《なおや》、武者小路《むしゃのこうじ》実篤《さねあつ》を知る。河野信子との結婚を父に反対され心に痛手を受ける。十二月、東北帝国大学農科大学（札幌農学校が改称）の英語講師になる。

明治四十一年（一九〇八年）三十歳　一月、札幌の森本厚吉宅に同居。学長付主事になる。日曜学校校長も勤め、また社会主義研究会に毎週参加する。三月、学生監部勤務になり学生寮に入る。六月、陸軍歩兵少尉に任官。大学予科教授になる。武者小路実篤が札幌を訪れ、親交を深める。夏季休暇で帰省中に男爵神尾光臣《みつおみ》の二女安子と婚約。十月、学生監をとかれ、北二条東三の九に転居。

　三月、『イブセン雑感』（文武会会報）

明治四十二年（一九〇九年）三十一歳　一月、遠友夜学校代表となる。三月、東京で安子と結婚。

明治四十三年（一九一〇年）三十二歳　四月、「白《しら》樺《かば》」創刊、弟壬生馬、里見弴と共に同人に参加。五月、札幌独立教会から退会し、信仰を捨てる。北海道庁から危険人物として睨《にら》まれ、監視される。
五月、『二つの道』（白樺）七月、『老船長の幻覚』（白樺）十月、『かんかん虫』（白樺）
明治四十四年（一九一一年）三十三歳　一月、長男行光誕生。
一月、『或る女のグリンプス』（後に改稿し『或る女』前編と改題、白樺、大正二年三月完結）
明治四十五年・大正元年（一九一二年）三十四歳　上白石町二通りに転居。七月、二男敏行誕生。十月、内村鑑三が札幌に十日間滞在し、武郎の変貌《へんぼう》に驚く。
大正二年（一九一三年）三十五歳　八月、北十条西三の二の新居に移る。十二月、三男行三誕生。
六月、『ワルト・ホイットマンの一断面』（文武会会報）七月、『草の葉――ホイットマンに関する考察』（白樺）
大正三年（一九一四年）三十六歳　七月、両親妻子と共に、久留米《くるめ》の岳父神尾光臣を訪ね、父の郷里鹿児島に行く。九月、妻安子が肺結核になり、十月、札幌病院に入院。十一月、一家を東京に移し、安子を鎌倉で療養させる。
一月、『お末の死』（白樺）
大正四年（一九一五年）三十七歳　三月、農科大学に辞表を提出したが休職扱いになる。
七月、『宣言』（白樺、十二月完結）
大正五年（一九一六年）三十八歳　八月、妻安子死去。九月、軽井沢で安子の遺稿集『松虫』を編み、親戚《しんせき》知人に配る。十二月、父武死去。父と妻を失ったことが転機となり、本格的な創作活動に入る。この年与謝野《よさの》晶子《あきこ》を知る。
二月、『首途《かどで》』（『迷路』序編　白樺）『フランセスの顔』（新家庭）七月、『クロポトキンの印象』（新潮）『潮霧《ガス》』（時事新報）
大正六年（一九一七年）三十九歳　三月、農科大学を退職。この頃から有島を敬慕する一高の学生と卒業生によって「草の葉会」を始め、ホイットマンの詩を講じる。この会は有島の死の直前まで続いた。この頃、多数の作品を発表し、文壇にも認められ、作家的地位を確立する。
二月、『ロダン先生の事』（読売新聞）六月、『惜みなく愛は奪う』（新潮）　七月、『カインの末裔《まつえい》』（新小説）　九月、『実験室』（中央公論）『クララの出家』（太陽）　十二月、『ロダン先生の芸術の背景』（中央美術）

『死』著作集第一輯《しゅう》（十月、新潮社刊）

『宣言』著作集第二輯（十二月、新潮社刊）

大正七年（一九一八年）四十歳　四月、肺結核の疑いと腸チフスの恐れから五月下旬まで東京病院に入院。実際は感冒であった。十月、同志社大学客員教授として連続講義。

一月、『暁闇』（新小説）『小さき者へ』（新潮）

『カインの末裔』著作集第三輯（二月、新潮社刊）

『叛逆者』著作集第四輯（四月、新潮社刊）

『迷路』著作集第五輯（六月、新潮社刊）

『生れ出づる悩み』著作集第六輯（九月、叢文閣刊）

『小さき者へ』著作集第七輯（十一月、叢文閣刊）

大正八年（一九一九年）四十一歳　『或る女のグリンプス』を改作、『或る女』前編を脱稿。三月末より四月下旬まで、鎌倉松嶺院に籠《こも》って『或る女』後編の執筆に専念。八月、軽井沢の夏季大学課外講演でホイットマンを講演。同志社大学でイプセンを連続講義。十二月、東京大学学生基督《キリスト》教青年会主催ユニヴァシティ・イブニングの席上でイプセンを講演。

二月、『批評というもの』（早稲田《わせだ》文学）『松井須磨子の死』（新潮）　十一月、『イプセンの末流』（人間）

『或る女』著作集第八・九輯（前編三月、後編六月、叢文閣刊）

『三部曲』著作集第十輯（十二月、叢文閣刊）

大正九年（一九二〇年）四十二歳　四月、森本厚吉の「通信大学、文化生活研究会」の顧問となる。十月、北海道の農場を視察。十一月、秋声、花袋誕生五十年記念の『現代小説選集』編集に参加。

一月、『内部生活の現象』（婦人之友）　二月、『イプセン研究』（大学評論、三月完結）　四月、『芸術に就いての一考察』（中央公論）『婦人解放の問題』（改造）　七月、『イプセンの仕事振り』（新潮）『一房の葡萄《ぶどう》』（赤い鳥）

『惜みなく愛は奪う』著作集第十一輯（六月、叢

文閣刊）

『旅する心』著作集第十二輯（十一月、叢文閣刊）

大正十年（一九二一年）四十三歳　四月、京都で過し、同志社大学でバイロンについて連続講義。十二月、大阪で露国飢饉《ききん》救済金募集の講演会に秋田雨雀《うじゃく》、藤森成吉と共に参加したが、警察により中止命令を受け帰京。この年、文部省の国語調査会委員になる。

七月、『白官舎』（新潮）『溺《おぼ》れかけた兄弟』（婦人公論）

『小さな灯』著作集第十三輯（四月、叢文閣刊）

大正十一年（一九二二年）四十四歳　一月、新しき村後援のため志賀直哉と共編で『現代三十三人集』を新潮社より刊行。四月、牛込《うしごめ》区原町二の七二の借家に転居、生活革命を実行しようとする。七月、秋田雨雀、江口渙《かん》と新潟で『独《ひと》り行く者』を講演。中旬、北海道狩太《かりぶと》に行き、有島農場解放について相談。小作人を集めて『小作人への告別』を述べ、念願の農場解放を実行。十月、自分の号泉谷から名付けた個人雑誌「泉」を叢文閣より創刊。他の雑誌、新聞への寄稿を一切断わる。

一月、『宣言一つ』（改造）　十月、『ドモ又の死』（泉）

『星座』著作集第十四輯（五月、叢文閣刊）

『一房の葡萄』童話集（六月、叢文閣刊）

『芸術と生活』著作集第十五輯（九月、叢文閣刊）

大正十二年（一九二三年）四十五歳　四谷《よつや》区南寺町に家を借りる。四月、秋田雨雀と共に米子《よなご》、松江、鳥取を講演旅行。五月、神戸の基督教青年会館で講演。六月、波多野《はたの》秋子との関係を足助素一に告白した後、麹町下六番町の家を出て、軽井沢三笠山の別荘浄月庵で秋子と共に縊死《いし》自殺。七月、遺体発見。麹町の自宅で告別式。青山墓地に埋葬。後に、多磨墓地に改葬。八月、「泉」終刊に際して有島武郎記念号を編む。

一月、『酒狂』（泉）　二月、『或る施療患者』（泉）　三月、『永遠の叛逆』（泉）　六月、『飴《あめ》と飴細工師との問題』（婦人公論）　七月、『行き詰れるブルジョア』（文化生活）

『ドモ又の死』著作集第十六輯（十月、叢文閣刊）

（本年譜は、諸種の年譜を参照して編集部で作成した。）

二葉亭四迷著　浮　雲

秀才ではあるが世事にうとい青年官吏の苦悩を描写することによって、日本の知識階級の姿をはじめて捉えた近代小説の先駆的作品。

樋口一葉著　にごりえ・たけくらべ

明治の天才女流作家が短い生涯の中で残した名作集。人生への哀歓と美しい夢が織りこまれ、詩情に満ちた香り高い作品8編を収める。

森鷗外著　雁（がん）

望まれて高利貸しの妾になったおとなしい女お玉と大学生岡田のはかない出会いの中に、女の自我のめざめとその挫折を描き出す名作。

森鷗外著　青　年

作家志望の小泉純一を主人公に、有名な作家、友人たち、美しい未亡人との交渉を通して、一人の青年の内面が成長していく過程を追う。

森鷗外著　阿部一族・舞姫

許されぬ殉死に端を発する阿部一族の悲劇を通して、権威への反抗と自己救済をテーマとした歴史小説の傑作「阿部一族」など10編。

森鷗外著　山椒大夫《さんしょうだゆう》・高瀬舟

人買いによって引き離された母と姉弟の受難を描いて、犠牲の意味を問う「山椒大夫」、安楽死の問題を見つめた「高瀬舟」等全12編。

国木田独歩著

武蔵野

詩情に満ちた自然観察で、武蔵野の林間の美をあまねく知らしめた不朽の名作「武蔵野」など、抒情あふれる初期の名作17編を収録。

国木田独歩著

牛肉と馬鈴薯・酒中日記

理想と現実との相剋を越えようとした独歩が人生観を披瀝する「牛肉と馬鈴薯」、人間の孤独を究明した「酒中日記」など16短編を収録。

田山花袋著

蒲団・重右衛門の最後

蒲団に残るあの人の匂いが恋しい――赤裸々な内面を大胆に告白して自然主義文学の先駆をなした「蒲団」に「重右衛門の最後」を併録。

田山花袋著

田舎教師

文学への野心に燃えながらも、田舎の教師のままで短い生涯を終えた青年の出世主義とその挫折を描いた、自然主義文学の代表的作品。

伊藤左千夫著

野菊の墓

江戸川の矢切の渡し付近の静かな田園を舞台に、世間体を気にするおとなに引きさかれた政夫と二つ年上の従姉民子の幼い純愛物語。

上田敏訳詩集

海潮音

ヴェルレーヌ、ボードレール、マラルメ……ヨーロッパ近代詩の翻訳紹介に力を尽し、日本詩壇に革命をもたらした上田敏の名訳詩集。

吾輩は猫である　夏目漱石著

明治の俗物紳士たちの語る珍談・奇譚、小事件の数かずを、迷いこんで飼われている猫の眼から風刺的に描いた漱石最初の長編小説。

倫敦塔《ロンドンとう》・幻影《まぼろし》の盾《たて》　夏目漱石著

謎に満ちた塔の歴史に取材し、妖しい幻想を繰りひろげる「倫敦塔」、英国留学中の紀行文「カーライル博物館」など、初期の7編を収録。

三四郎　夏目漱石著

熊本から東京の大学に入学した三四郎は、心を寄せる都会育ちの女性美禰子の態度に翻弄されてしまう。青春の不安や戸惑いを描く。

草枕　夏目漱石著

智に働けば角が立つ——思索にかられつつ山路を登りつめた青年画家の前に現われる謎の美女。絢爛たる文章で綴る漱石初期の名作。

こころ　夏目漱石著

親友を裏切って恋人を得たが、親友が自殺したために罪悪感に苦しみ、みずからも死を選ぶ、孤独な明治の知識人の内面を抉る秀作。

文鳥・夢十夜　夏目漱石著

文鳥の死に、著者の孤独な心象をにじませた名作「文鳥」、夢に現われた無意識の世界を綴り、暗く無気味な雰囲気の漂う、「夢十夜」等。

芥川龍之介著

羅生門・鼻

王朝の説話物語にあらわれる人間の心理に、近代的解釈を試みることによって己れのテーマを生かそうとした〝王朝もの〟第一集。

芥川龍之介著

地獄変・偸盗《ちゅうとう》

地獄変の屛風を描くため一人娘を火にかけて芸術の犠牲にし、自らは縊死する異常な天才絵師の物語「地獄変」など〝王朝もの〟第二集。

芥川龍之介著

蜘蛛《くも》の糸・杜子春

地獄におちた男がやっとつかんだ一条の救いの糸をエゴイズムのために失ってしまう「蜘蛛の糸」、平凡な幸福を讃えた「杜子春」等10編。

芥川龍之介著

奉教人の死

殉教者の心情や、東西の異質な文化の接触と融和に関心を抱いた著者が、近代日本文学に新しい分野を開拓した〝切支丹もの〟の作品集。

芥川龍之介著

河童・或阿呆《あるあほう》の一生

珍妙な河童社会を通して自身の問題を切実にさらした「河童」、自らの芸術と生涯を凝縮した「或阿呆の一生」等、最晩年の傑作6編。

芥川龍之介著

侏儒《しゅじゅ》の言葉《ことば》・西方《さいほう》の人

著者の厭世的な精神と懐疑の表情を鮮やかに伝える「侏儒の言葉」、芥川文学の生涯の総決算ともいえる「西方の人」「続西方の人」の3編。

永井荷風著　ふらんす物語

二十世紀初頭のフランスに渡った、若き荷風の西洋体験を綴った小品集。独特な視野から西洋文化の伝統と風土の調和を看破している。

永井荷風著　濹東綺譚

小説の構想を練るため玉の井へ通う大江匡と、なじみの娼婦お雪。二人の交情と別離を描いて滅びゆく東京の風俗に愛着を寄せた名作。

小林多喜二著　蟹工船・党生活者

すべての人権を剝奪された未組織労働者のストライキを描いて、帝国主義日本の断面を抉る「蟹工船」等、プロレタリア文学の名作2編。

井伏鱒二著　山《さん》椒《しょう》魚《うお》

大きくなりすぎて岩屋の棲家から永久に外へ出られなくなった山椒魚の狼狽をユーモア漂う筆で描く処女作「山椒魚」など初期作品12編。

井伏鱒二著　黒い雨

野間文芸賞受賞

一瞬の閃光に街は焼けくずれ、放射能の雨の中を人々はさまよい歩く……罪なき広島市民が負った原爆の悲劇の実相を精緻に描く名作。

井伏鱒二著　さざなみ軍記・ジョン万次郎漂流記

直木賞受賞

都を追われて瀬戸内海を転戦するなま若い平家の公達の胸中や、数奇な運命に翻弄される少年漁夫の行末等、著者会心の歴史名作集。

谷崎潤一郎著

痴人の愛

主人公が見出し育てた美少女ナオミは、成熟するにつれて妖艶さを増し、ついに彼はその愛欲の虜となって、生活も荒廃していく……。

谷崎潤一郎著

刺《し》青《せい》・秘密

肌を刺されてもだえる人の姿に、いいしれぬ愉悦を感じる刺青師清吉が、宿願であった光輝く美女の背に蜘蛛を彫りおえたとき……。

谷崎潤一郎著

吉野《よしの》葛《くず》・盲目物語

大和の吉野を旅する男の言葉に、失われた古きものへの愛惜と、永遠の女性たる母への思慕を謳う「吉野葛」など、中期の代表作2編。

谷崎潤一郎著

少将滋幹《しげもと》の母

時の左大臣に奪われた、帥の大納言の北の方は絶世の美女。残された子供滋幹の母に対する追慕に焦点をあててくり広げられる絵巻物。

谷崎潤一郎著

細（ささめゆき）雪

毎日出版文化賞受賞（上・中・下）

大阪・船場の旧家を舞台に、四人姉妹がそれぞれに織りなすドラマと、さまざまな人間模様を関西独特の風俗の中に香り高く描く名作。

谷崎潤一郎著

鍵・瘋癲《ふうてん》老人日記

毎日芸術賞受賞

老夫婦の閨房日記を交互に示す手法で性の深奥を描く「鍵」。老残の身でなおも息子の妻の媚態に惑う「瘋癲老人日記」。晩年の二傑作。